मिश्री

AF669675

मिश्री

अनूप वाजपेयी

प्रभात
पेपरबैक्स
www.prabhatbooks.com

प्रकाशक

प्रभात पेपरबैक्स

प्रभात प्रकाशन प्रा. लि. का उपक्रम

4/19 आसफ अली रोड, नई दिल्ली–110002

फोन : 23289777 • हेल्पलाइन नं. : 7827007777

इ–मेल : prabhatbooks@gmail.com ❖ वेब ठिकाना : www.prabhatbooks.com

संस्करण

प्रथम, 2021

सर्वाधिकार

सुरक्षित

मूल्य

दो सौ रुपए

मुद्रक

आर–टेक ऑफसेट प्रिंटर्स, दिल्ली

———— ★ ————

MISHRI

novel by Shri Anoop Bajpai

Published by **PRABHAT PAPERBACKS**

An imprint of Prabhat Prakashan Pvt. Ltd.

4/19 Asaf Ali Road, New Delhi-110002

ISBN 978-93-90378-06-7

₹ 200.00

माँ को समर्पित 'मिश्री'

अपनी माँ **गीता वाजपेयी** को समर्पित।

मैं सालों से उन्हें अपनी लगभग सभी रचनाएँ सुनाकर उनसे फीडबैक लेता था। वे मेरे लिखे भजनों को सबसे अधिक पसंद करती थीं, जिससे मुझे प्रेरणा और प्रोत्साहन मिलता था। मेरे पहले उपन्यास के पूरा होने के समय अम्मा हमारे साथ नहीं हैं। जब मैं 'मिश्री' का सृजन कर रहा था, उन्हें इसके कथानक से भी अवगत कराया था। अम्मा कई वर्ष पहले मेरे साथ वृंदावन भी गई थीं। वृदांवन की उस अविस्मरणीय यात्रा को मैं 'मिश्री' से जोड़कर देखता हूँ। उपन्यास के पात्र भी वृंदावन की उन्हीं गलियों से निकले हैं।

लेखक की कलम से

'मिश्री' नाम अनायास मुँह में मिठास घोलता है और उसकी प्रकृति घुल जाने की है, यानी खुद को मिटाकर दूसरों को सुख देने की। बिल्कुल ऐसी ही है हमारी मिश्री। अपने गुण के मुताबिक उसका समर्पण उसे उपन्यास के अन्य पात्रों की तुलना में विलक्षण और बड़ा बनाता है। मेरा मानना है कि उपन्यास पढ़कर आप भी सहमत होंगे।

कोरोना के लॉकडाउन में दुनिया बंद थी। खुला था तो बस मन, जो कहीं भी भटकने को स्वच्छंद था। एक ओर बीमारी का अप्रत्यक्ष डर जिसे लेकर उन दिनों अतिरिक्त सावधानी बरती। वहीं आसपास से मिलती सूचनाओं के कारण मस्तिष्क में मची उधेड़बुन के बीच मिश्री ने दिमाग में दस्तक दी। लंबे समय से मेरे विद्रोही स्वभाव ने खुद को क्रिएटिव राइटिंग से अलग कर लिया था। मिश्री ने सबसे पहले मुझे सरेंडर करने पर मजबूर और विचारों से लैस कर लिखने को बाध्य किया। शायद मेरे मस्तिष्क में पड़ी कुछ कच्ची-पक्की बातें, विचार कड़ियों को जोड़ने लगे।

मेरा मन लॉकडाउन का उल्लंघन कर लगातार बृज क्षेत्र के प्राचीन केंद्र वृंदावन की गलियों में विचरने लगा और उसी दौरान तमाम पात्र साक्षात् मुझसे टकराए। मेरे लिए दिक्कत उस समय खड़ी हुई, जब पात्रों ने आपसी बातचीत में बृजभाषा का इस्तेमाल शुरू कर दिया। मैं ठहरा

अवध क्षेत्र का, अवधी मेरी भाषा। फिर भी मैंने अपने अंदाज में बृजभाषा में ही पात्रों के बीच के संवाद को लिखने की ठान ली। कई बार तो जैसे किसी ने कान में आकर संवाद बोले । मैं बिना झिझक गलत-सही जाने कहानी को आगे बढ़ाता रहा।

उपन्यास अगर मैं सिर्फ अपने लिए लिखता तो अपनी वाली टूटी-फूटी, कामचलाऊ बृजभाषा में पात्रों के संवादों को ही स्वीकार कर लेता। दूसरी तरफ मुझे यह भान कराया गया कि मिश्री का सृजन बहुत से स्वजनों के लिए किया नहीं, बल्कि कराया गया है। लिहाजा मिश्री को वृंदावन के ही अपने मित्र और अनुज अनिरुद्ध शर्मा से साझा किया। उन्होंने मेरे प्रयास को भी सराहा और मददगार भी बने। बृज क्षेत्र और बृजभाषा की बारीकियों को समझने में उन्होंने मेरी बहुत मदद की। मतलब गंगा की मौज को यमुना की धारा मिली। अब मैं इसे पूर्णता के साथ आपके सामने रख रहा हूँ।

'मिश्री' का कवर पेज भी सिर्फ विचारों के टेलीफोनिक आदान-प्रदान से तैयार हुआ। विवेक निगम एक बेहतरीन फोटो जर्नलिस्ट तो हैं ही, उनकी उँगलियाँ निर्जीव को भी सजीव आकार देती हैं। बखूबी दो पन्नों में चटक रंगों में वो सब उकेरा, जो मिश्री की जरूरत से कहीं आगे का अहसास कराता है। इस काम में विवेक की पत्नी सरिता की भूमिका और उकेरी गई भाव-भंगिमाओं को नजरअंदाज नहीं कर सकता हूँ।

—अनूप वाजपेयी

मिश्री

वृंदावन के एक प्राचीन मंदिर के सेवायत हैं पं. देवकी नंदन गोस्वामी। जिनका परिवार कई पीढ़ियों से मंदिर से सटे हवेलीनुमा पुराने मकान में रहता है। मन्नत पूरी होती है, इसलिए मंदिर से मोटे आसामी या कहें बड़े-बड़े जजमान जुड़े हैं। धर्म-कर्म में व्यस्त रहनेवाले देवकी बाबा को ईश्वर से एक अंतर्दृष्टि भी मिली थी। किसी को कुछ कह दिया या बता दिया तो अक्षरशः वैसा ही परिणाम देखने को मिलता। यही कारण था, बहुत लोग उनसे यों ही आशीर्वाद लेने पहुँचते, ताकि बाबा कुछ बता दें। मूड होता तो सबकुछ ठीक, नहीं तो कोई जवाब नहीं देते और कह देते, होनी को कौन टाल सके है।

ठाकुरजी और किशोरी जू की कृपा से पंडित परिवार में वैसे किसी बात की कोई नहीं है, कमी है तो बस वंशबेल नहीं बढ़ रही। पंडित परिवार के साथ एक विडंबना कहें या परिपाटी, गोद लिये बच्चे ही वंश को आगे बढ़ा रहे हैं। वृंदावन के बुजुर्गों की मानें तो यह परिवार सात पीढ़ियों से श्रापित है। लिहाजा कई पीढ़ियों से गोद लिये बच्चे के साथ वंशबेल आगे बढ़ रही है।

देवकी बाबा को भी उनकी माँ गोकुल से किसी रिश्तेदार के घर से गोद लेकर आई थीं और बाबा का इकलौता जेंटलमैन बेटा वासु, यानी वासुदेवानंद गोस्वामी भी निकट के रिश्तेदार की ही निशानी है।

जिसे असल माता–पिता ने बाकायदा लिखत–पढ़त में गोद दिया था, ताकि आगे चलकर कोई विवाद न हो। शर्त यह भी थी कि हमारे लाला को ठीक से पढ़ाना–लिखाना। बड़ा आदमी बनाना, मतलब पंडिताई–वंडिताई मत करवाना। इन शर्तों को मानना देवकी बाबा की मजबूरी थी।

देवकी बाबा के पड़ोस में ही रहनेवाले गोस्वामी खानदान की दूसरी वंशबेल खूब फल–फूल और बढ़ भी रही थी। उनके भरे–पूरे परिवार के सदस्यों की संख्या के लिहाज से बात करें तो पूरी कृपा वहीं बरस रही थी। सब के सब खाटी पंडित, सिर्फ पूजा–पाठ ही नहीं है, जजमान की कोई भी समस्या हो, उसके समाधान के लिए उनके पास सिंगल विंडो व्यवस्था थी, अब चाहे ज्योतिष परामर्श, झाड़–फूँक हो, जादू–टोना, तंत्र–मंत्र, गंडा–ताबीज हो, और तो और, पेट का गोला, वात–पित्त–कफ के सतायों का भी शर्तिया इलाज इनके पास मिल जाता। इन भाइयों में इतनी गजब की अंडरस्टैंडिंग कि आपस में इन्हें आउटसोर्सिंग ही क्यों न करनी पड़े, ताकि कोई खाली हाथ न जाए, मतलब बिना हाथ खाली किए न लौटने पाए।

देवकी बाबा के पड़ोस में ही रहनेवाले गोस्वामी खानदान की दूसरी वंशबेल खूब फल–फूल और बढ़ भी रही थी। उनके भरे–पूरे परिवार के सदस्यों की संख्या के लिहाज से बात करें तो पूरी कृपा वहीं बरस रही थी।

वैष्णवी आचार–विचार में पले–पुसे वासु को न तो अपने पूरे नाम पं. वासुदेवानंद गोस्वामी में दिलचस्पी है और न ही पंडिताई में। देवकी बाबा ने बचपन से उसकी जिस चोटी को बढ़ाने के लिए प्रयास किए, वासु ने मल्टीनेशनल कंपनी में पहुँचते ही उसकी ट्रिमिंग करा दी थी, ताकि चोटी बड़े बालों में छुप जाए। उसे लगता था कि संस्कार भी बना रहे और उससे जुड़ी इस निशानी को लेकर उसे पोंगा पंडित न समझ

लिया जाए। इंजीनियरिंग की पढ़ाई में उसे अकसर सुनना पड़ता, डिश के जमाने में पंडितजी का एंटीना देखो। कॉलेज में रैगिंग के दौरान उसे अपनी चोटी को गोंद लगाकर सीधी रखना पड़ा था, लेकिन उस दौरान उसने अपनी चोटी से किसी प्रकार छेड़छाड़ नहीं की और उसे पंडितों की शान बताता था।

वासु के भीतर तो विदेश में नौकरी करने की चाह और ठाट-बाट वाली जिंदगी बिताने की तमन्ना बचपन से हिलोरे मारती रही। उसे पाने के लिए वासु ने जमकर पढ़ाई भी की थी। इंजीनियरिंग करने के बाद वासु नोएडा में एक मल्टीनेशनल कंपनी में सॉफ्टवेयर इंजीनियर था।

वासु के भीतर तो विदेश में नौकरी करने की चाह और ठाट-बाट वाली जिंदगी बिताने की तमन्ना बचपन से हिलोरे मारती रही। उसे पाने के लिए वासु ने जमकर पढ़ाई भी की थी। इंजीनियरिंग करने के बाद वासु नोएडा में एक मल्टीनेशनल कंपनी में सॉफ्टवेयर इंजीनियर था।

पंडितों के लड़कों का ब्याह टाइम पर हो जाना चाहिए, नहीं तो साँड़ बने घूमते हैं, ऐसा देवकी बाबा अकसर कहते थे। वासु पर कंपनी की कोई कन्या डोरे डालती या वासु अपना दिल दे बैठता, इसके पहले बाबा ने वासु की चट नौकरी लगते पट ब्याह करा दिया। वासु की ना-नुकुर के बाद भी देवयानी से उसका रिश्ता जुड़ जाता है। दरअसल ब्रज क्षेत्र के संस्कारों में पली देवयानी की जन्मपत्री में संतान के प्रबल योग थे, जो उसके गोस्वामी परिवार की बहू के रूप में सबसे बड़ा कारण और गुण था। बाबा की इच्छा और रिश्तेदारों के दबाव में वासु ने शादी के लिए हामी भरी और देवयानी गोस्वामी परिवार की सदस्य हो गई।

वासु की शादी को करीब पाँच साल हो गए, लेकिन वृंदावन को अभी तक कोई गुड न्यूज सुनने को नहीं मिली। वृंदावन के घरों के बाहर चबूतरों पर बैठकर लोगों के बीच अकसर अंतरराष्ट्रीय मुद्दों के साथ देश की राजनीतिक, सामाजिक बहसों के साथ अपने गली-मोहल्ले की खबरों पर भी लंबी बहस छिड़ती है। किसके घर-परिवार में क्या चल रहा है, किसी से कुछ छुपा नहीं रहता। चबूतरे की चर्चा में अकसर देवकी बाबा का परिवार भी मुद्दा रहता। बाबा भी तमाम भविष्यवाणी करते, लेकिन कभी अपनी वंशबेल को लेकर कुछ नहीं बोलते, बस इतना कह देते, ठाकुरजी जानें। उनके हमउम्र अकसर उन्हें इस बात पर छेड़ते थे, काए तुमे कछु न पता।

चबूतरे की चर्चा में अकसर देवकी बाबा का परिवार भी मुद्दा रहता। बाबा भी तमाम भविष्यवाणी करते, लेकिन कभी अपनी वंशबेल को लेकर कुछ नहीं बोलते, बस इतना कह देते, ठाकुरजी जानें। उनके हमउम्र अकसर उन्हें इस बात पर छेड़ते थे, काए तुमे कछु न पता।

ऐसी ही चबूतरे पर चर्चा के दौरान एक बुजुर्ग बोले, 'सात पीढ़ी भलेई निकस गईं, अबकी बेर वासु के बच्चा जरूर होएगो।'

तभी एक अधेड़ ने बात काटी और मजाकिया लहजे में कहा, 'नाए चाचा, अबकेऊ बच्चा गोद लेनो पड़ेगो, च्योंकि पाँच साल से तो फायर खाली जाए रह्यो हे।' इस पर सब जोरदार ठहाका मारते हैं।

मोहल्ले की महिलाओं के बीच भी वासु की पत्नी देवयानी चर्चा का विषय थी, जब भी वह घर से पाँव निकालती तो पाँव भारी होने की बात उसका पीछा करती। देवयानी की कोशिश मुँह छुपाकर बढ़ जाने की होती, लेकिन कोई-न-कोई आवाज टोंक देती, फिर ऊपर से नीचे

तक निरीक्षण और चेहरे पर मुसकराहट के साथ एक ही सवाल—'च्यों लाली, कछु है का?'

अंदर से क्रोध व ऊपर से लजाती देवयानी कहती, 'नाए चाचीजी, आज कॉटन की साड़ी पहनी हे, वाइते पेट फूलो लग रो ऐ।'

फिर तपाक से अगला सवाल—'च्यों री! कछु दिक्कत हते का?'

देवयानी मोहल्ले की चाचियों के इस सवाल से तंग आ चुकी थी। वासु की जिद्द थी, वह खानदान की परंपरा तोड़ेगा और बच्चा तो कतई गोद नहीं लेगा। वासु का वीकएंड वृंदावन में ही बीतता था। परिवार को अपने दम पर कैसे बढ़ाया जाए, वासु अकसर इसका वैज्ञानिक नुस्खा खोजा करता था। देवयानी को मायके के बहाने बाबा की इजाजत से दिल्ली लेकर जाता और विशेषज्ञ डॉक्टर के परामर्श के बाद घर में आस लेकर लौटता। देवयानी को अपनी जन्मपत्री में संतान योग और डॉक्टरनी, यानी लेडी डॉक्टर के इलाज पर पूरा भरोसा था।

देवयानी मोहल्ले की चाचियों के इस सवाल से तंग आ चुकी थी। वासु की जिद्द थी, वह खानदान की परंपरा तोड़ेगा और बच्चा तो कतई गोद नहीं लेगा। वासु का वीकएंड वृंदावन में ही बीतता था। परिवार को अपने दम पर कैसे बढ़ाया जाए, वासु अकसर इसका वैज्ञानिक नुस्खा खोजा करता था।

समय बीता, वासु की मेहनत और डॉक्टरनी की कोशिश रंग लाई, देवयानी गर्भवती हो गई। वासु पेट से भारी पत्नी को डॉक्टर की सलाह पर भारी सामान न उठाने देता और घर में बहुत सँभालकर रखता, लेकिन वृंदावनी तानों और उपहास से तंग वासु की यह भी हसरत थी, पत्नी को लेकर बाजार में निकले, ताकि पूरा वृंदावन पत्नी के बेबी बंप पर एक नजर

जरूर दौड़ाए। अस्पताल से चेकअप करा घर आते-जाते वासु की कोशिश एक आविष्कारक की तरह उन खोजी चाचियों और मसखरे दोस्तों को आँखों के इशारे से यह बताने की होती, 'आँखिन कूँ फोड़ के देख ल्यो, एटमबम की खोज तो कर दई ऐ हमने, बस धड़ाम सीना फूटवे वारो है।' वासु को बेबी बंप के फ्लॉण्ट में आनंद और अपनी जीत दिख रही थी।

बाबा ने कई पीढ़ियों बाद ऊसर जमीन में फूल खिलने की खबर हमउम्र बुजुर्गों को अपने तक रखने की ताकीद के साथ फैला दी थी, ताकि चबूतरों पर परिवार को लेकर चली आ रही नकारात्मक बातों पर पूर्ण विराम लगे, इसलिए लोगों को तो महीने और दिन तक पता थे...

बाबा ने कई पीढ़ियों बाद ऊसर जमीन में फूल खिलने की खबर हमउम्र बुजुर्गों को अपने तक रखने की ताकीद के साथ फैला दी थी, ताकि चबूतरों पर परिवार को लेकर चली आ रही नकारात्मक बातों पर पूर्ण विराम लगे, इसलिए लोगों को तो महीने और दिन तक पता थे, वैसे भी वृंदावन में कुछ छुपता कहाँ है, यहाँ के मिजाज में शर्त लगाकर ब्रेकिंग न्यूज देने की कला भी प्राचीनकाल से चली आ रही है।

नौ महीने बाद बाबा के घर से टन-टन-टन-टन थाली पीटने की आवाजें आने लगीं। वृंदावन को समझने में तनिक भी देर नहीं लगी। नीचे चबूतरे पर ही आसन जमाए रहनेवाले बाबा के परिवार की दूसरी शाखा के सबसे बुजुर्ग, जिन्हें बाबा छोटे चाचा कहते थे कि 'चलो तुमाए परिवार मेंऊँ एक वारिस तो आ गो', फिर तंज कसते हुए बोले, 'और अब कब तक इधर-उधर ते माँग के काम चलतो।'

सात पीढ़ी निकल गईं, अब जाके श्राप से छुटकारा मिलो है।

'अरे, लड्डू गोपाल आए हैं, लड्डू तो मँगवा लेओ, कंजूस।'

बाबा बोले, 'हाँ-हाँ, मँगबाए रहे हैं।' बाबा ने भी मुँह मीठा कराने में कोई कमी नहीं रखी, जैसे-जैसे लोगों के हाथों में लड्डू रखे जाते, वैसे-वैसे बाबा के घर आए नए मेहमान का नामकरण संस्कार भी हो गया। वृंदावन वालों ने लड्डू खाकर लड्डू गोपाल पर अपनी मुहर लगा दी, लेकिन समय के साथ नाम का अगला हिस्सा लड्डू ही लोगों की जुबान पर चढ़कर रह गया।

वासु भी अपने पुरुषार्थ और आविष्कार से बहुत उत्साहित था। उसे अपना पुरुषत्व बताने का मौका जो मिला था, नहीं तो उसके चुहलबाज दोस्तों में कोई कहता था, 'कछु न हे रो होय तो, कोई दरकार होय तो हम कछु मदद करें का भइया तो कोई तरह-तरह के देसी नुस्खे बताता, 'यह लगा लो' 'यह खा लो।'

वासु भी अपने पुरुषार्थ और आविष्कार से बहुत उत्साहित था। उसे अपना पुरुषत्व बताने का मौका जो मिला था, नहीं तो उसके चुहलबाज दोस्तों में कोई कहता था, 'कछु न हे रो होय तो, कोई दरकार होय तो हम कछु मदद करें का भइया तो कोई तरह-तरह के देसी नुस्खे बताता, 'यह लगा लो' 'यह खा लो।'

वासु ने खानदान पर सात पीढ़ियों से लगे कलंक को धो डाला और सबकी बोलती बंद कर दी। मोहल्ले वालों से छुपकर नजरे नीचे कर निकलने के बजाय वासु की बॉडी लैंग्वेज भी अब बदल गई थी। देवकी बाबा भी जब-तब उसकी पीठ ठोंककर एहसास कराते कि उसने बच्चा पैदा कर चामत्कारिक महापुरुष का तमगा हासिल कर लिया है।

वृंदावन के बीचोबीच एक घर ऐसा है, जिसे बाहर वाले दाँतों के बीच जीभ जैसा मानते हैं। यह परिवार है गफूर मियाँ का, जिनकी तीन

मंजिला ऊँची अटारी है। जहाँ रहती है घुँघराले बाल, नीली आँखों और तीखे नक्शवाली शिरीन, यानी मिश्री, जो लड्डू से करीब चार साल बड़ी है। मिश्री के लिए वृंदावन की गलियाँ पराई नहीं हैं। इस मुसलिम परिवार का यहाँ के धार्मिक रीति-रिवाजों, आयोजनों, त्योहारों, मंदिरों, और पंडितों के घरों से नाता पुश्तैनी है। देवकी बाबा के भी बाबा, यानी बड़े महाराज का इस परिवार के बुजुर्ग रहे रसूल खाँ के समय से आत्मीय लगाव था, जो पीढ़ी-दर-पीढ़ी चला आ रहा है। रसूल की कृष्णभक्ति सूरदास के पद गाकर पूरी होती थी। मंदिरों से उन्हें भजन गाने के लिए बुलाया जाता था।

रसूल खाँ के खानदान की शीरीन को मिश्री नाम देवकी बाबा ने ही दिया, जो दोनों परिवारों के रिश्तों में और मिठास घोलता है; दरअसल शिरीन जब पहली बार अपने बाबा गफूर के साथ देवकी बाबा से मिली तो वे पूछ बैठे, 'अरे गफूर मियाँ, शिरीन का मतलब तो मिठास हुआ न?'

रसूल खाँ के खानदान की शीरीन को मिश्री नाम देवकी बाबा ने ही दिया, जो दोनों परिवारों के रिश्तों में और मिठास घोलता है; दरअसल शिरीन जब पहली बार अपने बाबा गफूर के साथ देवकी बाबा से मिली तो वे पूछ बैठे, 'अरे गफूर मियाँ, शिरीन का मतलब तो मिठास हुआ न?'

गफूर बोले, 'जी पंडितजी।'

बाबा ने कहा, 'यह तो मिश्री की डली है।'

फिर शिरीन के हाथ में प्रसाद की मक्खन-मिश्री रखते हुए बोले, 'मिश्री में श्री जुड़ा है, हम तो इसे मिश्री ही पुकारेंगे, बिल्कुल मिश्री की तरह सफेद और मीठी जुबान।' बाबा कई दिनों बाद रंग में दिख रहे थे, शिरीन के सिर पर हाथ फेरकर बोले 'यह तो हमाई अफसर बिटिया है।

गफूर इसे खूब पढ़ाना, अफसर बनेगी।' गफूर की आँखों में भी यह सुनकर चमक आ गई; पंडितजी आपका आशीर्वाद मिल गया बस।

जब नन्हीं शिरीन को मिश्री पुकारा गया तो उसने भी आँखें और गरदन ऐसे मटकाया कि उसे भी मिश्री नाम भा गया है।

इसी बीच देवकी बाबा की नजर जैसे ही मिश्री से हटी, 'अरे मियाँ गफूर, तुमने कब से गले में तुलसी माला धारण कर ली?'

गफूर हँसते हुए बोला, 'मैं ठहरा वृंदावन का मुसलमान, मरने के बाद मैं बिहिश्त में जाऊँगा कि दोजख में, पता नहीं।' फिर हँसकर बोला, 'तुलसी माला इसीलिए पहन ली, शायद आपके भगवान् नारायण के धाम जाने का मौका मिल जाए, जब जिदंगी वृंदावन में बीत गई तो वृंदा से कैसा परहेज?'

गफूर हँसते हुए बोला, 'मैं ठहरा वृंदावन का मुसलमान, मरने के बाद मैं बिहिश्त में जाऊँगा कि दोजख में, पता नहीं।' फिर हँसकर बोला, 'तुलसी माला इसीलिए पहन ली, शायद आपके भगवान् नारायण के धाम जाने का मौका मिल जाए, जब जिदंगी वृंदावन में बीत गई तो वृंदा से कैसा परहेज?'

देवकी बाबा थोड़ा ठिठके, 'तुम्हें पता तो है।'

'हाँ-हाँ पंडितजी, बिल्कुल, आप तो जानते हैं, मदिरा इसलाम में हराम है और मांस खाना तो कभी का छोड़ दिया है।' फिर बताता है कि; पंडितजी, छह महीने से न जाने कैसे बुखार ने जकड़ा कि ससुरा उतरने का नाम न ले। लगा कि अब जान लेकर ही जाएगा। डॉक्टर, वैद्य, हकीम सब फेल, फिर निंबार्क मंदिरवाले पंडितजी ने बताया कि तुलसी माला पहन के देख लो। उन्हीं ने पहना दी और चमत्कार हो गया, दो दिन बाद बुखार का नामोनिशान

नहीं, अब नियम तो मानने ही पड़ेंगे।'

देवकी बाबा ने हिदायत देते हुए, 'ध्यान रखना, तुलसी की माला वही पहने, जो नियम का पक्का हो। तुलसी तो माफ कर देंगी मियाँ, ठाकुर नहीं छोड़ेंगे।'

रसूल का परिवार हमेशा से खुद को वृंदावन और हिंदुस्तानी मिट्टी से जोड़े रहा। बात उन दिनों की है, जब देश का बँटवारा हुआ। उस दौरान पूरे देश से तमाम मुसलिम परिवार पाकिस्तान जा रहे थे। रसूल ने भी हिम्मत करके फैसला लिया कि वे भी पाकिस्तान जाकर बसेंगे। उन्होंने जरूरी सामान के साथ तैयारी भी कर ली। रसूल एक दिन अचानक बड़े महाराज के पास जाकर बोले, 'लो महाराजजी, जे घर की चाबी सँभालो।'

रसूल का परिवार हमेशा से खुद को वृंदावन और हिंदुस्तानी मिट्टी से जोड़े रहा। बात उन दिनों की है, जब देश का बँटवारा हुआ। उस दौरान पूरे देश से तमाम मुसलिम परिवार पाकिस्तान जा रहे थे। रसूल ने भी हिम्मत करके फैसला लिया कि वे भी पाकिस्तान जाकर बसेंगे। उन्होंने जरूरी सामान के साथ तैयारी भी कर ली।

'क्यों रसूल, कहीं जाए रहे हो?'

'पंडितजी, मैं भी पाकिस्तान जा रहा हूँ।'

'क्यों कोई तुम्हें यहाँ ते भागवे कूँ कहरो ए का। और···और तुम चले जाओगे तो ठाकुरजी के रंग-बिरंगे कपड़ा कौन सीएगो, कौन रंगेगो, वृंदावन के गोस्वामियन की पगड़ी और कुरता कौन सीएगो?'

रसूल बोला, 'का कहें महाराज जी, अब दिल घबरा रोए। बिरादरी के ज्यादातर परिवार वृंदावन छोड़ गए हैं।'

आँखों में आँसू भरकर खड़े रसूल ने चाबी पंडित की तरफ बढ़ाई और बोले, 'घर अब आपको। आप जो करो।'

रसूल मुँह घुमाकर परिवार के साथ निकल गया। पंडितजी ने चाबी मंदिर में ठाकुरजी के पास रख दी और बुदबुदाते हुए बोले, 'प्रभु मोए जाकी कहा जरूरत, जे अमानत आपई सँभालो, आप ही देख-रेख करो।'

1947 के बँटवारे और नफरत भरे माहौल में हिंदुस्तान-पाकिस्तान के सीमावर्ती इलाकों में मारकाट शुरू हो गई। करीब एक महीने के बाद अचानक रसूल थका-हारा लुटा-पिटा वृंदावन लौटता है। भर्राई आवाज में दरवाजे पर आकर राधे-राधे पुकारा, तो बड़े महाराजजी हड़बड़ाकर बाहर आए। रसूल महाराज को देखकर फूट-फूटकर रोने लगता है, बड़े महाराज भी खुद को रोक नहीं पाते। रसूल मानकर चल रहे थे कि इस एक महीने के दौरान बड़े महाराजजी ने उनके घर को खोल तो लिया होगा, लेकिन जैसे ही उन्हें ठाकुरजी के पास रखी चाबी उठाकर दी तो रसूल का गला रुँध गया।

1947 के बँटवारे और नफरत भरे माहौल में हिंदुस्तान-पाकिस्तान के सीमावर्ती इलाकों में मारकाट शुरू हो गई। करीब एक महीने के बाद अचानक रसूल थका-हारा लुटा-पिटा वृंदावन लौटता है। भर्राई आवाज में दरवाजे पर आकर राधे-राधे पुकारा, तो बड़े महाराजजी हड़बड़ाकर बाहर आए।

रसूल बोला, 'बृजभूमि की पैदाइश है और अब तो इसी मिट्‌टी में मिल जाएँगे बस।'

रसूल का परिवार समय के साथ बढ़ता गया, कुछ लोग शहर के अन्य हिस्सों में जाकर बस गए, लेकिन पंडितों की आबादी के बीच

इकलौता मुसलिम परिवार बिना भय मंदिरों से जुड़े कामों में अभी भी व्यस्त है, लेकिन मिश्री के अब्बू वसीम ने पढ़ाई कर खुद को इस काम से अलग कर लिया था। नई सोच के साथ वृंदावन से कुछ दूर आगरा में चमड़े के सामान बनाकर विदेश भेजनेवाली फैक्टरी में बतौर मैनेजर काम करने लगा। वसीम को अच्छी पगार मिलती थी। हर रविवार वृंदावन आने पर उसकी अपने पिता गफूर से एक ही बात पर बहस होती कि उसे अच्छी पगार मिलती है, दुकानों से किराया आता है। घर का पूरा खर्च चलता है, अब इस काम की क्या जरूरत है।

गफूर मियाँ उससे बस यही कहते, 'यह काम तो मरने पर ही बंद होगा, हुक्म है ऊपरवाले का, आखिर इस काम के लिए भगवान् ने पीढ़ियों से हमाए परिवार को ही इस काम के लिए क्यों चुना?'

वसीम समझाता, 'अब्बा, अरे इसलिए कह रहा हूँ कि इस उम्र में ज्यादा भाग-दौड़ ठीक नहीं है।'

गफूर मियाँ उससे बस यही कहते, 'यह काम तो मरने पर ही बंद होगा, हुक्म है ऊपरवाले का, आखिर इस काम के लिए भगवान् ने पीढ़ियों से हमाए परिवार को ही इस काम के लिए क्यों चुना?' वसीम समझाता, 'अब्बा, अरे इसलिए कह रहा हूँ कि इस उम्र में ज्यादा भाग-दौड़ ठीक नहीं है।'

उधर गफूर मियाँ अपनी ही दुनिया में खोए हैं, वसीम की बातों को अनसुना सा करते हुए कहते हैं, 'अरे, तू जो पढ़ी-लिखी होनहार लाली लाया है, वह मेरा हाथ बँटाती है। इसके हाथों में जादू और हुनर दोनों है। देख, कितनी खूबसूरत फिरोजी रंग की पगड़ी बनाई है, गोटे देख, हरे लहँगे पर रंग-बिरंगी कढ़ाई कितनी खूबसूरत है। अरे जब ठाकुरजी और लाडली जू पहनेंगे तो दुनिया रीझ जाएगी।'

वसीम हर बार मान जाता है कि उसके समझाने का कोई असर नहीं होनेवाला है। वसीम की पत्नी कुलसुम भी ससुर के समर्थन में उतर पड़ती। खुद को व्यस्त रखने और इसे नेक काम बताकर हर बार उसे चुप करा देती। इस परिवार की वृंदावन के लगभग सभी प्राचीन और बड़े मंदिरों बाँके बिहारीजी, राधारमणजी, राधा वल्लभजी, निंबार्क कोट, गोपेश्वर महादेव, माँ कात्यायनी आदि मंदिरों के गर्भगृह की चौखट के बाहर तक बेरोकटोक पहुँच है। मिश्री का बचपन भी इन मंदिरों से जुड़ी प्रमुख तिथियों, त्योहारों, धार्मिक अनुष्ठान, मेलों और आयोजन के बीच गुजर रहा था।

वसीम हर बार मान जाता है कि उसके समझाने का कोई असर नहीं होनेवाला है। वसीम की पत्नी कुलसुम भी ससुर के समर्थन में उतर पड़ती। खुद को व्यस्त रखने और इसे नेक काम बताकर हर बार उसे चुप करा देती।

देवकी बाबा के घर लाला, यानी लड्डू के जन्म की खबर कुलसुम को मिली तो उस परिवार में भी खुशियाँ आ गईं। कुलसुम अपने ससुर से बोली, 'अब्बा, मैं तो इसीलिए रुकी हुई थी कि पता नहीं लाला होगा या लाली, उसके लिए कपड़े भी नहीं सी पाई।'

'अरी बहू, अब लाला-लाली में क्या फर्क है।'

कपड़े की करतनों से बने गुड्डे-गुड़िया से खेल रही मिश्री को टोकते हुए कुलसुम बोली, 'बाबा के घर लड्डू गोपाल आए हैं।'

इस एक शब्द ने मिश्री के चेहरे पर भावपूर्ण मुसकराहट बिखेर दी। उसे तो मानो उसके कन्हैया मिल गए हों। मिश्री के लिए लड्डू गोपाल का मतलब उस साक्षात् स्वरूप से था, जिनकी बाल लीलाएँ हर रात अपनी माँ और देवकी बाबा से सुना करती थी।

मिश्री का पहला सवाल, 'अम्मा, कब चलोगी लड्डू से मिलबे कूँ?'

'अरी, हस्पताल ते घर तो आए जान दे वाकूँ।'

बाबा के घर से मिश्री के परिवार का पीढ़ियों का संबंध था, लेकिन कहीं-न-कहीं दोनों ओर से एक लक्ष्मण रेखा भी खिंची थी, जिसे कतई नहीं लाँघना है, यह आपसी समझ का हिस्सा था।

मिश्री की जिद्द जल्द-से-जल्द अपने लड्डू को देखने, उस गोद में खिलाने की थी, लेकिन इसके लिए उसे इंतजार करना था, क्योंकि मिश्री घर के उस हिस्से में जा नहीं सकती थी, जहाँ अस्पताल से लाकर लड्डू को उसकी माँ के साथ रखा गया था। मिश्री की अम्मा उसकी जिद्द पूरी करने के लिए उसे बाबा के घर तक तो ले आई, लेकिन घर के बाहरवाले बरामदे तक ही उसकी पहुँच थी।

मिश्री की जिद्द जल्द-से-जल्द अपने लड्डू को देखने, उस गोद में खिलाने की थी, लेकिन इसके लिए उसे इंतजार करना था, क्योंकि मिश्री घर के उस हिस्से में जा नहीं सकती थी, जहाँ अस्पताल से लाकर लड्डू को उसकी माँ के साथ रखा गया था।

'राधे-राधे माताजी!' कुलसुम बोली।

'जय श्री राधे,' आ लाली! माताजी ने बहुत प्यार से कहा और साथ में मिश्री की ओर देखते हुए बोली, 'अरी, तू भी तो बोल राधे-राधे,' तो जबाव में मिश्री तपाक से बोली, 'जय श्री कृष्णा,' माताजी अवाक् थीं। इतनी छोटी बच्ची का अभिवादन कुछ अलग हटकर था। बोली, 'जयश्री कृष्णा मेरी लाडो।'

लड्डू की दादी, यानी माताजी ने मिश्री और उसकी माँ को बरामदे

में पड़ी कुरसी पर बैठा लिया। कुलसुम ने रातों को जागकर छोटे लड्डू के लिए, जो सुंदर कपड़े सिले थे, वे माताजी को दे दिए।

कपड़ों को देखकर, 'अरे वाह, कमाल है हाथन में तुमाए।'

पंडित परिवार के कड़े नियम-कानून के मुताबिक जन्म के बाद सूतक लग गया था। मिश्री बार-बार लड्डू के पास जाने की जिद्द कर रही थी। लड्डू के प्रति झलकती प्रेम भरी दीवानगी के बीच मिश्री बोली, 'लड्डू तो हमारो है न अम्मा।'

कुलसुम समझाती है, 'हाँ, लड्डू तेरो ई ऐ लाली, अबई तू छोटी हे न, सो लड्डू कूँ सँभाल न पाएगी, अभी रेहन दे।'

अंदर से रह-रहकर लड्डू के रोने की आवाज आती तो सुनकर मिश्री मचल उठती।

'अम्मा लड्डू...'

'हाँ-हाँ, अबई मिलवाइँगे।'

फिर माताजी को देखते हुए बोली, 'जिस दिन से इसे बताया कि बाबा के घर लड्डू गोपाल आए हैं। पीछे पड़ी है, रो-रोकर बुरा हाल कि बस अभी चलो।'

पंडित परिवार के कड़े नियम-कानून के मुताबिक जन्म के बाद सूतक लग गया था। मिश्री बार-बार लड्डू के पास जाने की जिद्द कर रही थी। लड्डू के प्रति झलकती प्रेम भरी दीवानगी के बीच मिश्री बोली, 'लड्डू तो हमारो है न अम्मा।'

इतनी देर में मिश्री लगातार अंदर चलने की रट लगाए रही।

माताजी भी असहज थी कि कभी भी इस परिवार ने बरामदे को नहीं लाँघा और छोटी सी बच्ची मचल रही है।

माताजी ने मिश्री से कहा, 'खीर खाएगी लाली, अभी लाए रएऐं।'

मिश्री ने 'हाँ' में सिर जरूर हिला दिया, लेकिन माँ के कान में फिर वहीं बात, 'अम्मा लड्डू···।'

माताजी ने कुलसुम से बरामदे में एक ओर रखी लकड़ी की पुरानी अलमारी की ओर इशारा करते हुए कहा, 'अपनी कटोरी निकाल लो, हम खीर लाए रएऐं।'

लड्डू की छठी थी तो खीर का भोग लगा था। मिश्री इस शर्त पर खीर खाने को तैयार हुई कि उसके बाद लड्डू से मिलने को मिलेगा। खीर खत्म होते ही मिश्री ने फिर लड्डू से मिलने की रट लगा दी। माँ बार-बार समझाती रही कि 'बाद में, चलो घर चलते हैं,' लेकिन मिश्री टस-से-मस नहीं हुई।

लड्डू की छठी थी तो खीर का भोग लगा था। मिश्री इस शर्त पर खीर खाने को तैयार हुई कि उसके बाद लड्डू से मिलने को मिलेगा।

खीर खत्म होते ही मिश्री ने फिर लड्डू से मिलने की रट लगा दी। माँ बार-बार समझाती रही कि 'बाद में, चलो घर चलते हैं,' लेकिन मिश्री टस-से-मस नहीं हुई।

कुलसुम के बहुत देर तक समझाने, बहलाने कि 'लड्डू सो रहा है' कहकर बात घुमाती रही, लेकिन अंदर लेटे लड्डू ने भी शायद ठान लिया था कि चुप नहीं होगा। आज तो मिश्री से मिलकर ही रहेगा।

माताजी पसीज गई। मिश्री से कहा, 'आ लाली मेरे साथ।' और हाथ पकड़कर उठाने लगीं।

कुलसुम बोली, 'नहीं पंडताइनजी, जे ठीक नहीं, फिर आ जाएगी।'

माताजी बोलीं, 'हम ले जा रहे हैं मिश्री को उसके लड्डू से मिलवावे। जब बाहर आए तुम तब देख लीयों।'

मिश्री के चेहरे पर अलग सी चमक आ गई। माताजी ने उँगली पकड़ी और बरामदे के बाद दरवाजे का परदा हटाकर उसे लड्डू का दीदार कराया।

मिश्री के अंदर जाते ही लड्डू के रोने की आवाज बंद हो गई। बाहर इंतजार कर रही माँ को बस मिश्री की आवाज सुनाई दे रही थी, 'लड्डू-लड्डू!' इस बीच कुलसुम ने खीर के बरतन दरवाजे के बाहर धोकर अलमारी में रख दिए, ताकि अगली बार काम आएँ।

कुछ देर में बाहर आई मिश्री के चेहरे का भाव आत्मसंतुष्टि वाला था।

माँ ने पूछा, 'कैसो है…'

मिश्री ने जोर देकर कहा, 'बहुत मलूक।'

'का कह रही है लाली!' माताजी ने अचरज से पूछा।

कुलसुम बोली, 'कछु न माताजी, कह रही है बहुत खूबसूरत है।'

उस दिन माताजी ने पंडित परिवार की उस रीति-नीति को तोड़ा था, जो सैकड़ों सालों से चली आ रही थी। माताजी ने कुलसुम की ओर ऐसे देखा, जैसे कुछ हुआ ही नहीं। बोली, 'बालक-बच्चे तो भगवान् को रूप होवें और मिश्री को जब मन करे तो बेहिचक जाए भेज दियो कर।'

उस दिन माताजी ने पंडित परिवार की उस रीति-नीति को तोड़ा था, जो सैकड़ों सालों से चली आ रही थी। माताजी ने कुलसुम की ओर ऐसे देखा, जैसे कुछ हुआ ही नहीं। बोली, 'बालक-बच्चे तो भगवान् को रूप होवें और मिश्री को जब मन करे तो बेहिचक जाए भेज दियो कर।'

मिश्री का अपने लड्डू के प्रति स्नेह उस दिन से और प्रगाढ़ होता

गया, जिस दिन उसे पहली बार उसकी गोद में दिया गया। वैष्णव परंपरा के तहत उस दिन नहान और पूजा-पाठ हुआ। लड्डू को वही वस्त्र पहनाए गए, जो कुलसुम ने रातों को जागकर छोटे पंडित के लिए बनाए थे। उस दिन बाबा ने भी लड्डू के मस्तक पर पहली बार लंबा तिलक धरा था।

बाबा ने बताया कि 'जे लंबो तिलक वैष्णवन को श्रृंगार ऐ, जाके मस्तक पे जे लगो होय, भगवान् विष्णु बाकी रच्छा स्वयंमई करें।'

मिश्री एकटक मस्तक पर तिलक लगते उसे निहारती रही। करीब एक महीने के लड्डू के नटखटपन की पहली झलक उसी दिन दिखाई दी, जब पहली बार पूरे परिवार ने उसके चेहरे पर पहली मुसकराहट देखी।

मिश्री एकटक मस्तक पर तिलक लगते उसे निहारती रही। करीब एक महीने के लड्डू के नटखटपन की पहली झलक उसी दिन दिखाई दी, जब पहली बार पूरे परिवार ने उसके चेहरे पर पहली मुसकराहट देखी।

मिश्री कहती है, 'देखो, मोय देखकर हँस रह्यो ए।'

सब उसकी इस बात पर सहमति जताते हुए जोर से हँसते हैं तो मिश्री झेंप जाती है और धीरे से कहती है, 'हम्बे सच्ची में।'

बाबा सहमति जताते हैं, हाँ भई, तू सच बोल रही है;

मिश्री की अम्मा उसे सुबह से बाबा के घर छोड़ देती और पूरा दिन मिश्री लड्डू के इर्द-गिर्द रहती। देवयानी को भी मिश्री का साथ मिलने से कुछ राहत मिल गई। लड्डू रोता तो मिश्री उसे इशारों से चुप करा देती। देवयानी नहलाती तो मिश्री उसे वैसे ही कपड़े पहनाती, जैसे वह छोटे गुड्डे-गुड़िया को अपने घर में पहनाया करती, लेकिन इससे देवयानी की अनायास ही मदद हो जाती, मिश्री कभी पाउडर लगाती और नजर

न लगे, इसके लिए माथे पर काला टीका लगा देती और बड़ों की तरह अपनी उँगली सिर पर रगड़ लेती।

देवयानी मजाक में कहती कि 'जा कारे कूँ कौन नजर लगाएगो।'

मिश्री को सुनकर अच्छा नहीं लगता था, लेकिन हर दिन वैसा ही करती।

देवयानी को मिश्री के आने से मदद मिल रही थी, लेकिन कुलसुम को लगता कि अब रोज-रोज किसी के घर जाना ठीक नहीं। अम्मा समझाती, लेकिन मिश्री अपने घर में भी रहती तो उसकी बातें लड्डू तक ही सिमटी रहतीं। 'अम्मा लड्डू ने आज जे करो, वा करो, हमाए बाल पकल लए और छोड़बो का नामइ नाए ले। हमने जोर की डाँट पिलाई तब जाकें छोड़े।' कुलसुम भी उसकी इन बातों पर हँस देती।

देवयानी को मिश्री के आने से मदद मिल रही थी, लेकिन कुलसुम को लगता कि अब रोज-रोज किसी के घर जाना ठीक नहीं। अम्मा समझाती, लेकिन मिश्री अपने घर में भी रहती तो उसकी बातें लड्डू तक ही सिमटी रहतीं।

मिश्री की लड्डू को लेकर दीवानगी इस कदर थी कि किसी से भी झगड़ पड़ती थी। उसे अच्छा नहीं लगता, जब प्यार में ही उसे कोई डाँटे या कुछ कहे। बाबा के घर काम वाली दमयंती ने एक दिन छेड़ते हुए कहा, 'भाभी, बहुत रोवे तुमाओ लाला, कानइ फाड़ डारे।'

बगल में बैठी मिश्री के कान में जैसे ही यह बात गई, उससे रहा नहीं गया। मिश्री ने आपा खो दिया बोली, 'बड़ी आई बोलबे वारी, जे तो तुम्हारो चेहरा देखकेईं रो रह्यो ए, काली भूतनी राक्षसी सी।'

वह फिर चिढ़ाते हुए बोली, 'कारो तो तुम्हारो लड्डू ए।'

मिश्री का गुस्सा और बढ़ गया, 'कारो ना ए साँवरो ए हमाओ लड्डू।'

दोनों के बीच तू-तू मैं-मैं होने लगी।

दमयंती भी बोले जा रही थी, तभी उसके मुँह से निकला, 'नेक बड़ो होन दे तेरी माऊँ देखेगो भी नाय।'

अगले दिन लड्डू को तेज बुखार हो गया, उसका माथा तप रहा था। देवयानी मिश्री के सहारे उसे छोड़कर पास के डॉक्टर के पास उसकी दवा लेने गई थी। उस दिन मिश्री से भी चुप नहीं हो रहा था। मिश्री छटपटा रही थी।

इस बात पर मिश्री उदास हो गई। देवयानी ने समझाया और बाद में दमयंती भी कहती रही कि 'मिश्री मैं तो तेरे संग मजाक कर रई।' लेकिन मिश्री को यह बात चुभ गई।

अगले दिन लड्डू को तेज बुखार हो गया, उसका माथा तप रहा था। देवयानी मिश्री के सहारे उसे छोड़कर पास के डॉक्टर के पास उसकी दवा लेने गई थी। उस दिन मिश्री से भी चुप नहीं हो रहा था। मिश्री छटपटा रही थी। मिश्री ने लड्डू को चुप कराने के लिए सारे उपाय कर लिए। उसने पास रखे तुलसी जल को उठाया और लड्डू को एक चम्मच जल पिला दिया। कुछ देर में लड्डू चुप हो गया।

इस दौरान लौटकर आई देवयानी भी अचरज में थी, आखिर इतना तेज बुखार अचानक से कैसे उतर गया। बार-बार लड्डू के माथे पर हाथ लगाती और उसे चेतन्य देख देवयानी बोली, 'अरे, तेरे हाथन में जादू ए महारानी!'

~❖~

लड्डू अपने साथ वासु के लिए एक और खुशखबरी लेकर आया था। वासु लंदन की जिस कंपनी में काम करता था, उसके बड़े अधिकारी को उसका काम इतना पसंद आया कि उसे लंदन में मुँहमाँगी सेलरी पर जॉब ऑफर कर दिया। वासु का दूसरा स्वप्न भी ठाकुरजी ने पूरा कर दिया। वासु ने बचपन से ही मंदिरों से दूरी बनाए रखी, लेकिन मंदिरों वाले वृंदावन में हर छोटे-बड़े मंदिर के सामने से गुजरता तो सिर झुकाकर, दोनों हाथों से कान पकड़कर अपनी दोनों ख्वाहिशें कह जरूर देता था, इसलिए बारी-बारी मंदिरों के सामने से गुजरता हुआ; थैंक यू गॉड-थैंक यू गॉड; कहता घर पहुँचा। वासु एक अंग्रेज की तरह गॉड का अभिवादन अपना हाथ माथे और सीने पर लगाकर करता तो कुछ बुजुर्ग टोक देते, 'अरे तो चर्च क्यों नहीं चला जाता; सुनकर वासु बस हँस देता।'

लड्डू अपने साथ वासु के लिए एक और खुशखबरी लेकर आया था। वासु लंदन की जिस कंपनी में काम करता था, उसके बड़े अधिकारी को उसका काम इतना पसंद आया कि उसे लंदन में मुँहमाँगी सेलरी पर जॉब ऑफर कर दिया। वासु का दूसरा स्वप्न भी ठाकुरजी ने पूरा कर दिया।

खुशी से चहकता लौटा वासु बाबा के पैर छूते हुए बोला, 'ठाकुरजी मोसे बहुतई प्रसन्न होंगे, देखो, आपने पूरी जिंदगी लगाय दई, इनकी सेवा में और फल मौंकूँ मिल गयो।'

'अरे अब का है गयो?'

'बाबा, हम लंदन जाए रए ऐं। अब मैं महीं नौकरी करूँगो।'

बाबा ने तपाक से कहा, 'तो कौन रोक रो ए, जा हम अपने लड्डू के साथ रह लिंगे।'

'नाए बाबा, हम सब जाँगे।' यह सुनकर देवकी बाबा को बुढ़ापे का आसरा और मंदिर की सेवा के लिए मिला सेवक लड्डू दूर जाता दिखता है। बाबा पहले तो खामोश रहे, फिर खीजते हुए बोले, 'तू विदेश जा तो रहा, अब वृंदावन लौटेगा कि नहीं। मेरा बुढ़ापा लगता है अकेला ही कटेगा।' वासु बाबा की बात अच्छी नहीं लगी, फिर समझाते हुए बोला, 'विदेश जाने से वृंदावन थोड़े छूट रहा है,' ऐसा कहकर यार-दोस्तों के बीच खुशी बाँटने निकल पड़ा।

'नाए बाबा, हम सब जाँगे।' यह सुनकर देवकी बाबा को बुढ़ापे का आसरा और मंदिर की सेवा के लिए मिला सेवक लड्डू दूर जाता दिखता है। बाबा पहले तो खामोश रहे, फिर खीजते हुए बोले, 'तू विदेश जा तो रहा, अब वृंदावन लौटेगा कि नहीं। मेरा बुढ़ापा लगता है अकेला ही कटेगा।'

वासु एक बार फिर पूरे वृंदावन की खबर बन गया था। रास्ते में मिले कुछ लोगों ने नरक से निकलकर जन्नत जाने की बधाई देते हुए कहा, 'अरे, विलायती बाबू, हमें भी ले चलो।'

वासु मुसकराकर आगे बढ़ गया।

देवकी बाबा कतई नहीं चाहते थे वासु का वृंदावन छूटे। बाबा बस यही कहते कि जो विदेश जाता है, लौटकर नहीं आता, इसलिए उन्होंने पूरे वृंदावन को इस काम में लगा दिया कि कैसे वासु को मना लें कि 'विदेश न जाए और अगर जाए तो अकेला।' माताजी भी लंबे समय से बीमार चल रही थीं, उनकी भी इच्छा वासु को छोड़ने की नहीं थी। उन्होंने समझाया कि 'बाबा तो ठाकुरजी सेवा के चलते जाएँगे नहीं और मैं कब तक की मेहमान हूँ तो मेरो वृंदावन क्यों छुड़ाए रहयो हो। मेरी मान तो तू भी परदेस मत जा। कम-

से-कम हर हफ्ता तुझे, एक बार देख लेवें यहाँ।' वासु यह बात कतई मानने को तैयार नहीं था। उसे तो विदेश में नौकरी का भूत सवार था।

उसी रात माताजी की तबीयत अचानक बिगड़ गई। उन्हें मिशन अस्पताल ले गए। उन्हें इस बात ने परेशान कर दिया था कि वासु की जिद्द के आगे उन्हें न सिर्फ उससे अलग होना पड़ेगा, बल्कि जिंदगी की एक आस लेकर आया लड्डू भी बहुत दूर चला जाएगा। अस्पताल के बिस्तर पर पड़ी माताजी की आँख से सिर्फ आँसू बहते रहे, लेकिन जुबान बिल्कुल मौन हो गई, डॉक्टर से लेकर घरवालों के किसी भी सवाल का उन्होंने कोई जवाब नहीं दिया। माताजी कोमा में नहीं थीं, लेकिन उन्होंने जैसे ठान लिया हो कि अब किसी बात का जवाब नहीं देंगी। वासु ने माताजी का हाथ अपने हाथ में पकड़कर लाख कोशिश की और लड्डू के बेहतर भविष्य का हवाला दिया, लेकिन माताजी खामोश ही रहीं, बस आँखों से गिरते आँसू उनके दुःख को बयाँ कर रहे थे।

उसी रात माताजी की तबीयत अचानक बिगड़ गई। उन्हें मिशन अस्पताल ले गए। उन्हें इस बात ने परेशान कर दिया था कि वासु की जिद्द के आगे उन्हें न सिर्फ उससे अलग होना पड़ेगा, बल्कि जिंदगी की एक आस लेकर आया लड्डू भी बहुत दूर चला जाएगा।

वासु की विदेश जाने को लेकर उन्हें इस कदर सदमा लगा कि डॉक्टर की दवाएँ भी उन्हें उससे उबार नहीं पाईं। धीरे-धीरे उनके स्वास्थ्य में गिरावट शुरू हो गई और एक सप्ताह में ही माताजी चल बसीं।

वासु के सामने अपने फैसले को बदलने का एक मौका था। बाबा, रिश्तेदारों और देवयानी के समझाने पर भी उसने विदेश जाने का खयाल नहीं बदला। हाँ, इतना जरूर हुआ कि माताजी के निधन की वजह से

उसने तीन महीने का समय बढ़वा लिया, लेकिन यह तीन महीने कब बीत गए, पता ही नहीं चला। इसी बीच उसके दोस्तों ने भी बूढ़े पिता के अंतिम समय में उनका हाथ बँटाने का वास्ता दिया, किसी ने बच्चे के अभी छोटा होने की बात कही। इतने दबाव के बावजूद वासु अकेले ही जाने के लिए तैयार हो गया, लेकिन इस शर्त के साथ कि कुछ सालों बाद जब लड्डू बड़ा हो जाएगा, तब उसे विदेश में ही पढ़ाएगा।

देवकी बाबा हर दिन पूजा के दौरान ठाकुरजी और किशोरीजी से बस यही कहते, 'अब हमसे न हो पाएगी तुम्हारी सेवा, हाथ-पैर थक रए ऐं। ठाकुरजी बड़ी मुश्किल से सेवक मिला, तो छीन च्यों रए ओ। जाके बाप ने तो मंदिर से दूरी बनाए लई। अब लड्डू कूँ तो अपनी सेवा में ले ल्यो।'

देवकी बाबा हर दिन पूजा के दौरान ठाकुरजी और किशोरीजी से बस यही कहते, 'अब हमसे न हो पाएगी तुम्हारी सेवा, हाथ-पैर थक रए ऐं। ठाकुरजी बड़ी मुश्किल से सेवक मिला, तो छीन च्यों रए ओ। जाके बाप ने तो मंदिर से दूरी बनाए लई। अब लड्डू कूँ तो अपनी सेवा में ले ल्यो।' आमतौर पर वैष्णव सरल और मधुरभाषी होते हैं, लेकिन उस दिन बाबा ठाकुर से भी झगड़ पड़े। ऐसा कम होता है कि वैष्णव इतना उत्तेजित हो जाए, लेकिन बाबा का झगड़ा तो अपने ठाकुर से था, मजाल है कोई बीच में टोक भर दे, वैसे भी ठाकुर से तू तड़ाक करना बृजवासी अपना अधिकार मानते हैं।

~❖~

वासु की जिद्द और प्रारब्ध उसे सात संमदर पार लंदन ले गया। इधर बाबा की जिम्मेदारी बढ़ गई। देवयानी घर का कामकाज निपटाती तो बाबा लड्डू को अपने साथ मंदिर ले जाते। बाबा का ध्यान अब

ठाकुर पर कम अपने लड्डू पर ज्यादा था।

कोई पूछता, 'अरे बाबा, ठाकुर को तो अंजन-मंजन कल्यो, उनकूँ नहवाए-धुवाए लेते।'

बाबा अपने अंदाज में जवाब देते, 'अबै तीन दिन तो भए हैं, एक-दो दिन में फिर माँज-धौ लिंगे।'

'बा दिना दर्शन नाए करे का कैसे लग रए, अबई पल्ले दिना तो जमनाजी से रेती लेंके आए, कारे हे रहे, अब देखो कैसे चमक मार रए ऐं। अब रोज-रोज थोड़ई मंजन होयो करे।'

मंदिर में थोड़ी-थोड़ी देर में थककर लोगों की गोद बदलती, लेकिन लड्डू न थकता। उसे भी मंदिर में आनंद आने लगा था। घंटे, ढोलक और मंजीरों की लय में हाथ-पैर और सिर हिलाता तो बाबा के मुँह से राधे-राधे निकल पड़ता, फिर जोर से कहते, 'आज के आनंद की जय!'

मंदिर में थोड़ी-थोड़ी देर में थककर लोगों की गोद बदलती, लेकिन लड्डू न थकता। उसे भी मंदिर में आनंद आने लगा था। घंटे, ढोलक और मंजीरों की लय में हाथ-पैर और सिर हिलाता तो बाबा के मुँह से राधे-राधे निकल पड़ता, फिर जोर से कहते, 'आज के आनंद की जय!'

बाबा ने बचपन से ही लड्डू को वैष्णव धर्म, मंदिर के संस्कार और पूजा-पाठ की चाशनी चटानी शुरू कर दी थी। उसे लंबा तिलक लगाते, गले में तुलसी की माला धारण करा दी और राधा नाम की रटन भी शुरू करा दी। बाबा जब तक लड्डू से कहते, 'अरे, तेरे बाप को लेकर एग्रीमेंट किया था, तोकूंई ही मेरी गद्दी सँभालनी है।'

छोटा लड्डू जाने-अनजाने 'हूँ-हूँ' करता तो बाबा के कलेजे को ठंडक मिलती और फिर कहते, 'जे बात भई। रसिया है तू, रसिया।'

मिश्री के लिए भी अच्छा हो गया, माँ के किसी के घर रोज-रोज न जाने के बंधन से मुक्ति मिल गई। मंदिर में जब बाबा पूजा-अर्चना करते लड्डू को उतनी देर मिश्री का साथ मिलता। मिश्री की कोशिश रहती, जिस समय वह मंदिर में हो कोई भी लड्डू को हाथ न लगाए। खिलाते हुए मिश्री गाती 'प्यारा-प्यारा मेरा यारा।' मिश्री का भी काफी समय मंदिर में बीतता और बाबा उससे भजन सुनते।

वासु के जाने के बाद लड्डू की माँ देवयानी खुद को अकेला महसूस करती और उसे लगता था कि बाबा उसे लंदन नहीं जाने देंगे और लड्डू से पूरी जिंदगी पंडिताई ही कराएँगे। अपनी यह शिकायत वह हर बार वासु से फोन पर और वीडियो कॉन्फ्रेसिंग से करती थी।

बाबा बताते हैं कि 'तेरे परबाबा रसूल भी बहुत जोरदार भजन सुनाते थे; मिश्री लड्डू को देखकर भजन सुनाती तो चंचल लड्डू कमर उचकाकर भजन का आनंद लेता।

वासु के जाने के बाद लड्डू की माँ देवयानी खुद को अकेला महसूस करती और उसे लगता था कि बाबा उसे लंदन नहीं जाने देंगे और लड्डू से पूरी जिंदगी पंडिताई ही कराएँगे। अपनी यह शिकायत वह हर बार वासु से फोन पर और वीडियो कॉन्फ्रेसिंग से करती थी। वासु आश्वासन देता, बस कुछ समय की बात है, हम तुम दोनों को ले जाएँगे। कुछ समय बाद देवयानी अकसर बाबा को यह अहसास कराती कि उसकी नरक हो रही जिंदगी का कारण वे हैं, लेकिन बाबा नजरअंदाज कर खामोशी से उसके ताने सुन लेते और लड्डू के प्रेम में खुद को उलझाने की कोशिश करते।

लड्डू करीब चार साल का था, बाबा मंदिर से कहीं आसपास गए थे। लड्डू खेलते हुए मंदिर में रखे दीये को छूने पहुँच गया। मंदिर की

चौखट पर बैठी मिश्री पहले तो उसे 'लड्डू, यारा-यारा' आवाज देकर रोकती रही, लेकिन काफी आवाजें देने पर जब नहीं रुका तो ठिठकती हुए अंदर प्रवेश कर जाती है। मिश्री को यह बात बचपन से मालूम थी कि उसे मंदिर के गर्भगृह की चौखट नहीं लाँघनी है। इसी बीच कुछ लोगों की निगाह मिश्री पर मंदिर से बाहर निकलते हुए पड़ी। 'अनर्थ हो गया, मंदिर अछूत हो गया, जा छोरी ने मंदिर अपवित्र कर दियो। जे मुसलमान की छोरी धरम भ्रष्ट करेगी।'

इसी बीच शोर सुनकर बाबा आ गए, सब उन पर टूट पड़े। बाबा ने हाथ के इशारे से सबको शांत कराया। सहमी मिश्री मोटे-मोटे आँसू भरकर बताती है, 'बाबा मैं अंदर नाय जानों चाह रही, पर का करती, लड्डू कूँ बहुत आवाज लगाई, जाके नाय पकड़ती तो दीया अपने ऊपर गिराय लेतो और पजर जातो।'

इसी बीच शोर सुनकर बाबा आ गए, सब उन पर टूट पड़े। बाबा ने हाथ के इशारे से सबको शांत कराया। सहमी मिश्री मोटे-मोटे आँसू भरकर बताती है, 'बाबा मैं अंदर नाय जानों चाह रही, पर का करती, लड्डू कूँ बहुत आवाज लगाई, जाके नाय पकड़ती तो दीया अपने ऊपर गिराय लेतो और पजर जातो।'

उस दिन मिश्री को भी अहसास हुआ कि उससे कोई बड़ी गलती हुई है और उसकी आँखों में आँसू छलछला आए। किसी से कुछ नहीं बोली, चुपचाप सब सुनती रही; लेकिन अपनी नाराजगी लड्डू पर उतारती हुई बोली, 'यारा तुमाई वजह से हमें इतनी सुननी पड़ रही है।'

तभी बाबा ने विरोध करनेवालों को समझाया, 'अरे, बच्ची है जे, जब जाकी अम्मा के हाथ के बने वस्त्र ठाकुरजी पहन सकें और जो उनके मस्तक पर पगड़ी है, जाके बाबा ने बनाई है तो हम और तुम कैसे रोक सकें

बाकी छोरी कूँ और जाने जान-बूझ के थोड़े कोई मंदिर में प्रवेश कियो।'

बाबा पुरानी याद करते हुए कहते रहे, 'अरे, जे रसूल खाँ शास्त्री के खानदान की बेटी है। संगीत परांगत रसूल मंदिरन में भजन, कीर्तन कियो करते। सारंगी भी बहुत अच्छी बजाय लेते।'

किसी ने बात काटकर बीच में ही कहा, 'ना बाबा, उनकी बात और हती, वे शास्त्री हते, उन्हें सब इजाजत थी।' अपनी बातों पर लोगों के सहमत न होता देख बाबा बोले, 'चलो कोई बात ना ए, मंदिर धो-धाए के पवित्र कर लिंगे। जा री लाली, भगवान् से क्षमा माँग ले।'

~❖~

लंदन न जाने पर देवयानी की जिद्द ने लड्डू का दाखिला वृंदावन के इकलौते कॉन्वेंट स्कूल में करा दिया। लड्डू, यानी माधव गोस्वामी को भारतीय संस्कृति और वैष्णव धर्म के संस्कार में पालने चले देवकी बाबा को मजबूरी में हामी भरनी पड़ी। लड्डू भी तब तक समझ चुका था कि उसके ऊपर लंबा तिलक खूब फबता है। लड्डू को गले में टाई से अधिक शर्ट के अंदर से झाँकती तुलसी माला भाती थी। स्कूल के लिए कोट-पैंट-टाई लगाकर तैयार होता तो बाबा देवयानी के न-न करते करते छोटा सा तिलक लगा ही देते। स्कूल के नियम-कानून में तिलक का आकार छोटा जरूर हुआ, लेकिन मस्तक कभी सूना नहीं दिखा।

किसी ने बात काटकर बीच में ही कहा, 'ना बाबा, उनकी बात और हती, वे शास्त्री हते, उन्हें सब इजाजत थी।' अपनी बातों पर लोगों के सहमत न होता देख बाबा बोले, 'चलो कोई बात ना ए, मंदिर धो-धाए के पवित्र कर लिंगे। जा री लाली, भगवान् से क्षमा माँग ले।'

बाबा सुबह जल्दी उठकर पहले मंदिर में ठाकुरजी की सेवा करते थे, फिर लड्डू की सेवा में लग जाते और उसे स्कूल छोड़ने जाते। दोपहर को इस बात की राहत थी कि जिस समय ठाकुर विश्राम करते, उस समय लड्डू स्कूल से लौटता। मिश्री कुछ ही दूर बालिका स्कूल में पढ़ती थी। सुबह और दोपहर मिश्री-लड्डू स्कूल के रास्ते पर मिलते। बाबा को रोज-रोज ठाकुर की पूजा-अर्चना में दिक्कत होती, इसलिए उन्होंने मिश्री से कहा, 'लाली, लड्डू कूँ भी अपने साथ स्कूल ले जायो कर।' मिश्री तुरंत हामी भर देती है, उसे भी अब लड्डू का साथ ज्यादा मिलने लगा। समय बीतता गया।

बाबा सुबह जल्दी उठकर पहले मंदिर में ठाकुरजी की सेवा करते थे, फिर लड्डू की सेवा में लग जाते और उसे स्कूल छोड़ने जाते। दोपहर को इस बात की राहत थी कि जिस समय ठाकुर विश्राम करते, उस समय लड्डू स्कूल से लौटता। मिश्री कुछ ही दूर बालिका स्कूल में पढ़ती थी।

दस साल का लड्डू और चौदह साल की मिश्री अपने अपने क्लास के अच्छे स्टूडेंट थे। लड्डू को उसकी माँ मार-मारकर अंग्रेजी पढ़ाती और अंग्रेजी में बातचीत न करने पर डाँटती और लड्डू जान-बूझकर माँ के सवाल का जवाब बृज की ठेठ बोली में देता, फिर जोर से हँसता, जबकि मिश्री अपने क्लास में अव्वल थी। उसके माता-पिता भी उसे पढ़ा-लिखाकर ऑफिसर बनाना चाहते थे। मिश्री की अंग्रेजी अच्छी थी, इसलिए अकसर लड्डू से सवाल-जवाब करती। लड्डू कहता, 'जे गिटिर-पिटिर अपने पास रखो।'

वृंदावन में बहुत सालों से बनखंडी महादेव मंदिर के पास मेला लगता है, जहाँ सभी जाति-धर्म के लोग जुटते हैं। लड्डू की मेला घूमने की जिद्द भी मिश्री ने पूरी की। लड्डू और मिश्री ने पहले मंदिर में

दर्शन किए और मेला घूमने लगे। बारी-बारी स्टॉल पर जाते, देखते, दाम पूछते और आगे बढ़ जाते। अचानक दोनों की निगाह खिलौने की एक दुकान पर पड़ी। जिसे बच्चों ने घेर रखा था। लड्डू और मिश्री भी वहाँ खड़े हो गए और एक-एक खिलौने को बारीकी से देखते रहे, फिर लड्डू ने पूछा, 'जे पंडितजी कितने के दिए।' दुकानदार कुछ बोल पाता, इससे पहले फिर पूछा और यह बगल में दाढ़ीवाले मौलानाजी। दुकानदार ने हँसकर कहा, 'दोनों दस-दस रुपए हैं।' 'अरे, यह कैसे पंडित भी दस रुपए और मौलाना भी दस रुपए।' दुकानदार बोला, 'दोनों एक ही मिट्टी के बने हैं लाला।' बगल में खड़ी मिश्री चुपचाप लड्डू और दुकानदार की बात सुनती रही और हँसकर बोली, 'चलो घर चलते हैं,' लेकिन संयोग से लड्डू अखबार में लिपटे मौलाना और मिश्री पंडितजी का खिलौना लेकर अपने घर चले गए।

लड्डू का मिश्री के साथ घूमना वृंदावन के तमाम लोगों को अखरने लगा था। परिवार के सदस्य अकसर बाबा से लोगों की कानाफूसी और राह चलते फब्तियाँ कसने पर लड़ने को तैयार हो जाते।

~❖~

लड्डू का मिश्री के साथ घूमना वृंदावन के तमाम लोगों को अखरने लगा था। परिवार के सदस्य अकसर बाबा से लोगों की कानाफूसी और राह चलते फब्तियाँ कसने पर लड़ने को तैयार हो जाते। वहीं गफूर मियाँ को बिरादरी वाले बिटिया के सयानी होने का ताना दे ऐसे घूमने पर पाबंदी लगाने की बात कहते। बावजूद दोनों परिवार पुराने संबंध और नजदीकी के आगे लोगों की बातें अनसुनी कर देते।

लड्डू भी अकसर अपनी माँ देवयानी से हिंदू-मुसलमानों के बीच

रिश्तों को लेकर सवाल-जवाब करता तो माँ समझा देती, 'वृंदावन में जो भी रहता है, सब बिहारीजी के हैं।' मिश्री को लेकर उसे बेहद लगाव था, इसलिए उसे इन पचड़ों में ज्यादा पड़ना भी नहीं था। बड़े हो रहे लड्डू को वृंदावन में कुछ लोग हर दिन अहसास कराते कि मुसलमानों के रहन-सहन, खानपान में अंतर है। कोई कहता कि यह कौम ठीक नहीं है, लेकिन इन सब बातों से बेपरवाह लड्डू का जवाब यह सब ठाकुर जाने और हम तो उस कौम के रसखान, अमीर खुसरो को अच्छी तरह जानते हैं, जो हमाए ठाकुर के भगत थे। उसने अपने मन को तसल्ली देने के लिए नए जमाने कुछ और किरदार भी ढूँढ़ लिये थे, कोई पूछता तो एक साँस बताता कि ब्रज के भक्तन में कई मुसलिम भगत शामिल हैं। चाहे बरसाने के लाडली मंदिर में सारंगी बजानेवाले गुलाब खाँ, मदनमोहनजी मंदिर में सफाई करनेवाले काले खाँ और कचहरी वाले ताज खाँ को नाम ब्रजमंडल छोड़ो, दूर-दूर तक लोग सम्मान से लेवें। इन पे ठाकुरजी की सीधी किरपा है।

दूसरी ओर मिश्री को भी उसकी बिरादरी के कुछ लोग बातें सुना, उसे इसलाम के खिलाफ बताते। उसका रिश्तेदार और हमउम्र साहिल हमेशा मंदिर के सामने से गुजरने पर मिश्री के सिर झुकाने पर ताने मारता कहता, 'तू हिंदुओं के खुदा को क्यों सजदा करती है। देख, मैं पाँचों वखत की नमाज पढ़ता हूँ और तू…'

दूसरी ओर मिश्री को भी उसकी बिरादरी के कुछ लोग बातें सुना, उसे इसलाम के खिलाफ बताते। उसका रिश्तेदार और हमउम्र साहिल हमेशा मंदिर के सामने से गुजरने पर मिश्री के सिर झुकाने पर ताने मारता कहता, 'तू हिंदुओं के खुदा को क्यों सजदा करती है। देख, मैं पाँचों वखत की नमाज पढ़ता हूँ और तू…'

'अरे भाई तू नहीं समझेगा। एक बार देख तो उसकी ओर प्यार बरसता है। ध्यान से देख, जैसे लगता है कुछ कहना चाहता है हमसे…'

'वह हिंदुओं का खुदा है, हमारा नाए।'

'हिंदुओं का है तो का, है तो हमाए वृंदावन का, बस। '

~❖~

लड्डू के पैर साइकिल के पैडल से स्कूटी पर सवार होकर जमीन को छूने लगे थे, जब भी वृंदावन की सँकरी गलियों में निकलता, उसकी स्कूटी हवा से बात करती। लड्डू की जिद्द के आगे बाबा हमेशा की तरह बेबस थे। स्कूटी माँ देवयानी के नाम पर आई, लेकिन उस पर नंबर से बड़ा-बड़ा लिखा था—लड्डू। शहर को बताने के लिए काफी था कि यह उसकी निजी संपत्ति है। गलियों को रौंदती स्कूटी का हॉर्न लड्डू भइया के दोस्तों को उनके आगमन की सूचना बहुत दूर से दे देता। रास्ते में आड़ी-तिरछी खड़ी गायों के बीच से रोलर कोस्टर की घुमावदार राह से लहराकर गुजरना लड्डू को प्रिय था, इसीलिए जल्दी से कोई दोस्त उसके साथ बैठने को तैयार नहीं होता। हाँ, जब मिश्री साथ होती तो स्पीड कंट्रोल में होती, क्योंकि मिश्री को स्कूटी पर स्टंटबाजी कतई पसंद न थी।

लड्डू के पैर साइकिल के पैडल से स्कूटी पर सवार होकर जमीन को छूने लगे थे, जब भी वृंदावन की सँकरी गलियों में निकलता, उसकी स्कूटी हवा से बात करती। लड्डू की जिद्द के आगे बाबा हमेशा की तरह बेबस थे।

एक दिन अकेला जा रहा लड्डू अचानक गली में साँड़ आ जाने के कारण खुद को सँभाल नहीं पाया। सड़क पर गिरा, उसके सिर पर चोट लगी और बेहोश हो गया। बेहोशी की हालत में लड्डू सिर्फ मिश्री का

नाम ले रहा था। कुछ लोग उसे इलाज के लिए तुरंत अस्पताल ले गए। कुछ लोगों ने घरवालों को सूचना दी।

बचपन से जब भी लड्डू किसी परेशानी में होता या बीमार पड़ता, मिश्री को किसी अनहोनी का अहसास जरूर हो जाता था। एक दिन अचानक उसे घबराहट हुई तो तुरंत लड्डू को फोन लगा दिया, पूरी घंटी गई। ऐसा कम होता कि पूरी रिंग जाने पर लड्डू का मोबाइल न उठे। मिश्री के लगातार कई बार डायल करने पर फोन उठा।

बचपन से जब भी लड्डू किसी परेशानी में होता या बीमार पड़ता, मिश्री को किसी अनहोनी का अहसास जरूर हो जाता था। एक दिन अचानक उसे घबराहट हुई तो तुरंत लड्डू को फोन लगा दिया, पूरी घंटी गई। ऐसा कम होता कि पूरी रिंग जाने पर लड्डू का मोबाइल न उठे।

मिश्री बोली, 'लड्डू।'

तो उधर से आवाज आई, 'लड्डू भइया का एक्सीडेंट हो गया है, उन्हें अस्पताल ले जा रहे हैं।'

मिश्री ने अस्पताल पूछा और लड्डू के पहुँचने के कुछ देर बाद ही वह भी पहुँच गई। अचेतन सा लड्डू धीरे-धीरे कुछ बोल रहा था। पास जाते ही उसके मुँह से अपना नाम सुनकर मिश्री अवाक् थी। बोली, 'लड्डू, तुम परेशान न हो, हम आ गए हैं, कुछ नहीं होगा।' डॉक्टर ने कहा, 'सिर पर चोट आई, खून काफी निकल गया है, इसलिए खून चढ़ाना होगा, फिलहाल एक यूनिट की व्यवस्था कर लें।'

मिश्री ने कहा, 'डॉक्टर साहब, मैं दे दूँगी खून।'

'तुम 18 साल की हो?'

'जी डॉक्टर साहब।'

'लगती नहीं हो! अच्छा, तुम्हें अपना ब्लड ग्रुप पता है?'

'जी नहीं, मैंने कभी पता नहीं किया।'

'मरीज का तो एबी निगेटिव है, बहुत रेयर होता है, अगर मैच नहीं किया तो किसी एबी निगेटिव वाले को खोजना पड़ेगा।'

मिश्री ने कहा, 'आप चेक तो करें डॉक्टर साहब, शायद मैच कर जाए!'

मिश्री की बातों में इतना आत्मविश्वास था, जैसे उसे पता था कि उसका ब्लड ग्रुप भी एबी निगेटिव है और मैच कर जाएगा। कुछ देर की उधेड़बुन के बाद डॉक्टर भी हैरान थे कि आखिर इतना रेयर ब्लड ग्रुप इतनी आसानी से और परिचित का ही मिल गया।

मिश्री की बातों में इतना आत्मविश्वास था, जैसे उसे पता था कि उसका ब्लड ग्रुप भी एबी निगेटिव है और मैच कर जाएगा। कुछ देर की उधेड़बुन के बाद डॉक्टर भी हैरान थे कि आखिर इतना रेयर ब्लड ग्रुप इतनी आसानी से और परिचित का ही मिल गया।

कुछ घंटों में लड्डू को होश आ गया तो अपने करीब मिश्री को बैठा देखा। मिश्री ने लड्डू की ओर से देखा और कहा, 'मैं हमेशा कहती हूँ कि इतना तेज न भागो।' लड्डू इस तरह मुसकराया, जैसे उसे कुछ हुआ ही नहीं। पहले तो मिश्री ने अधिकारपूर्वक उसे खरी-खोटी सुनाई और फिर हँसते हुए बोली, 'पता है, अब तुम्हारी रगो में हमारा खून मिलकर दौड़ रहा है, इसलिए अब स्पीड खुद-ब-खुद कम हो जाएगी।'

उधर बाबा तक समाचार पहुँचा तो वे भी देवयानी के साथ अस्पताल पहुँच गए, तभी डॉक्टर ने बाबा से बताया कि 'यह बिटिया न होती तो मुश्किल हो जाती। सिर से काफी खून बह गया था और ब्लड ग्रुप भी

ऐसा कि एक बार तो मेरे हाथ-पाँव फूल गए। इसे ठाकुर का चमत्कार ही कहेंगे, लाली का ब्लड ग्रुप मैच कर गया।'

देवयानी को एक बार फिर इस बात का अहसास हुआ कि मिश्री हमेशा की तरह कहीं-न-कहीं लड्डू के लिए ढाल बनकर खड़ी है। दो दिन बाद सभी जाँच रिपोर्ट नॉर्मल आने पर लड्डू को अस्पताल से छुट्टी मिल गई। लड्डू के दिमाग में हिंदू-मुसलमान को लेकर, जो सवाल उथल-पुथल करते थे, इस घटना ने साफ कर दिया कि कम-से-कम दोनों धर्मों के लोगों की रगों में एक जैसा ही खून बह रहा है और एक-दूसरे को चढ़ाया जा सकता है। लड्डू अकसर अपनी माँ से यह बात कहता भी था।

देवयानी को एक बार फिर इस बात का अहसास हुआ कि मिश्री हमेशा की तरह कहीं-न-कहीं लड्डू के लिए ढाल बनकर खड़ी है। दो दिन बाद सभी जाँच रिपोर्ट नॉर्मल आने पर लड्डू को अस्पताल से छुट्टी मिल गई।

~❖~

लड्डू के व्यक्तित्व की विशेषता ऐसी थी कि जब वह बाबा के पास होता तो लगता कि पूरा पंडित है, उसे बाबा से विरासत में मिली धार्मिक पूजा-पाठ, मंत्रोच्चार और आरतियाँ आदि कंठस्थ थीं और जब स्कूल में होता तो एक अलग ही रंग में दिखता। वह सदा क्लास की लड़कियों के समूह में घिरा सबको अपने स्नेह का प्रसाद बाँटता नजर आता।

लड्डू की कत्थई चटक आँखें मानो बातें करती थीं और शरारत भी उन्हीं आँखों से करता। बचपन से ही उसकी आँखों में आकर्षण या कहें जादू था। एक बार अगर किसी की नजर उसकी नजरों से मिली तो बस उसी का हो लिया। मिश्री तो बचपन से उसकी इस आदत से परिचित

थी। उसकी आँखों की इस प्रतिभा को बखूबी पढ़ती आ रही थी। लड्डू की आँखों से आँखें मिलाकर कुछ कहो तो मजाल है कि इनकार कर दे। बचपन में मोहल्ले की महिलाएँ कहती थीं, 'जे लाला तो जादू-टोना सो करे, एक बार वाकी तरफ देख भर लो, फट्ट सीना गोद में आ जावे।'

मिश्री भी जिद्द में अड़ जाने पर लड्डू को आँखों की भाषा से ही समझाती थी। स्कूल की लड़कियाँ लड्डू की इस कमी या अदा पर फिदा थीं। जान-बूझकर लड्डू को 'पहले कौन पलक झपकाता है' का खेल खेलने को कहती। लड्डू को फँसाने में लड़कियों को मजा आता था। बेचारा लड्डू हर बार शिकार बनता लड़कियाँ टकटकी बाँधकर उनकी आँखों में देखतीं और कुछ देर में लड्डू मोहित हो उनकी कैद में। लड्डू से फिर जो चाहो माँगो, जो चाहो करा लो।

मिश्री भी जिद्द में अड़ जाने पर लड्डू को आँखों की भाषा से ही समझाती थी। स्कूल की लड़कियाँ लड्डू की इस कमी या अदा पर फिदा थीं। जान-बूझकर लड्डू को 'पहले कौन पलक झपकाता है' का खेल खेलने को कहती।

लड्डू के लड़कियों से ज्यादा घुलना-मिलना मिश्री को अच्छा नहीं लगता। मिश्री बस इतना कहती, 'यारा, जे तेरो लड़किन के साथ नैन मटक्का करनो ठीक नाए, बदनामी है जाएगी।'

लड्डू कहता, 'हमें बदनामी को कोई डर नाए।'

फिर मिश्री का रुख देखकर बोला, 'इसमें हमाई कोई गलती ना ए। कछु जादू-टोना जाने जे लड़कियाँ, हमारी आँखन में देखते ही न जाने का कर देवें कि हम पीछे-पीछे चलवे लगें।'

मिश्री जानती थी कि बचपन से ही लड्डू बड़ी जल्द सम्मोहित हो

जाता है। लड्डू को लड़कियों की बुरी नजर से बचाने के लिए मिश्री ने एक तरकीब निकाली, उसने एक काले शीशे का चश्मा खरीदकर गिफ्ट किया, ताकि बाजार में निकले तो नजरबट्टू का काम करे।

'यह क्या सखी?' लड्डू बोला।

'अरे, जे तुम पर बहुत सूट करेगा और तुम्हारी चंचल आँखें भी न भटकेंगी, सुरक्षित रहेंगी।' मिश्री ने आत्मविश्वास से जवाब दिया।

'तुम्हें बड़ी चिंता है हमाई।' और स्टालिश चश्मा देखकर उसे आँखों पर चढ़ा लिया, अब लड्डू कहीं भी निकलता, उसकी आँखों और उसे उसका चश्मा बचाता।

लड्डू की फ्रैंड लिस्ट भी बहुत लंबी थी। लड्डू के हमउम्र तो उससे सलाह लेते ही थे, उम्र में काफी बड़े युवा भी उसकी राय लेकर सफलता पाते थे और लड्डू को अपनी इस विद्या पर नाज था। मिश्री अकसर समझाती कि इतने बड़े लड़कों का साथ ठीक नहीं तो कह देता, 'अब मैं बच्चा नहीं रहा, मुझे पता है, क्या ठीक है, क्या नहीं।'

लड्डू की फ्रैंड लिस्ट भी बहुत लंबी थी। लड्डू के हमउम्र तो उससे सलाह लेते ही थे, उम्र में काफी बड़े युवा भी उसकी राय लेकर सफलता पाते थे और लड्डू को अपनी इस विद्या पर नाज था। मिश्री अकसर समझाती कि इतने बड़े लड़कों को साथ ठीक नहीं तो कह देता 'अब मैं बच्चा नहीं रहा, मुझे पता है, क्या ठीक है, क्या नहीं।'

~❖~

लड्डू की कलाई रक्षाबंधन में राखी भले ही एक या दो होती, लेकिन रंग-बिरंगे फ्रेंडशिप बैंड चमकते थे। पड़ोस में रहनेवाले परिवार

की दूसरी ब्रांच में तीन भाइयों के बाद जनमी वैजंती उसे राखी बाँधती थी और लड्डू के लिए भी घोषित तौर पर एक ही उसकी बहन थी। वैजंती उम्र में बड़ी थी और आर्ट्स में ओपेन स्कूल से स्नातक कर रही थी। वैजंती की इच्छा तो कॉलेज जाकर पढ़ने की थी, लेकिन उसके सगे तीनों भाइयों को पसंद नहीं था कि वैजंती घर से भी बाहर कदम निकाले। बहुत जरूरी होता तो माँ या चाची के साथ बाजार जाती थी। दरअसल वैजंती अपना दिल दो गली दूर आर्यन अग्रवाल को दे बैठी थी। वैजंती माँ और चाची के फोन से मैसेज भेजती और डिलीट कर अपने प्यार को हवा दे रही थी। चाची को कुछ शक था, लेकिन मूक सहमति भी थी। आर्यन किसी तरह पीछे की गली में दोस्त की छत पर आकर दूर से उसे निहार लेता और अपनी हसरत पूरी कर लेता था। वैजंती के भाइयों को कुछ-कुछ शक जरूर था कि कुछ गड़बड़ है, लेकिन लाख खुफियागिरी के बाद भी इस नतीजे पर नहीं पहुँच पाए थे कि अंदर-अंदर क्या खिचड़ी पक रही है।

रक्षाबंधन के दिन लड्डू वैजंती से राखी बँधवाने जरूर जाता था। लिहाजा इस बार भी इकलौती बहन के लिए गिफ्ट लेकर पहुँचा। वैजंती छत पर थी लिहाजा लड्डू सीधे ऊपर पहुँच गया। लड्डू तो त्रिकालदर्शी ठहरा, लिफाफा देखकर बता देता कि अंदर क्या लिखा है और अपनी उम्र से अधिक ज्ञानार्जन करने के कारण तुरंत भाँप गया।

रक्षाबंधन के दिन लड्डू वैजंती से राखी बँधवाने जरूर जाता था। लिहाजा इस बार भी इकलौती बहन के लिए गिफ्ट लेकर पहुँचा। वैजंती छत पर थी लिहाजा लड्डू सीधे ऊपर पहुँच गया। लड्डू तो त्रिकालदर्शी ठहरा, लिफाफा देखकर बता देता कि अंदर क्या लिखा है और अपनी उम्र से अधिक ज्ञानार्जन करने के कारण तुरंत भाँप गया। वैजंती को

टोकते हुए तंज के लहजे में बोला, 'क्यों दीदी, आज राखी न बाँधोगी?'

'अरे लड्डू, तू कब आयो?'

'हम तो काफी देर से देख रहे थे तुम्हारी रासलीला।'

वैजंती कुछ लजाई भी और घबरा भी गई। 'लड्डू तुम्हें हमाई कसम, जो काई कूँ जे बात बताई।'

'ना दीदी, वृंदा की कमस।' और दाहिना हाथ गले में पड़ी कंठी पर रख लेता है।

वैजंती कहती है, 'तू ही तो मेरो असली भैया है।' नीचे आकर वैजंती राखी बाँधती है और मिठाई खिलाती है, लड्डू गिफ्ट का पैकेट देता है और वैजंती हर बार लेने से मना करती है, 'अरे, तू छोटो है।'

'अभी जे रखो न दीदी, एक दिन तुम्हें बड़ों वाला गिफ्ट देविंगे।'

वैजंती कहती है, 'तू ही तो मेरो असली भैया है।' नीचे आकर वैजंती राखी बाँधती है और मिठाई खिलाती है, लड्डू गिफ्ट का पैकेट देता है और वैजंती हर बार लेने से मना करती है, 'अरे, तू छोटो है।'

'अभी जे रखो न दीदी, एक दिन तुम्हें बड़ों वाला गिफ्ट देविंगे।'

वैजंती का उस दिन खुद पर आत्मविश्वास भी बढ़ गया, उसे लगने लगा कि कोई तो है, जो उसके फैसले को स्वीकार कर रहा है।

समय के साथ वैजंती और आर्यन का प्यार परवान चढ़ने लगा था। धीरे-धीरे गोस्वामी परिवार की एक और ब्रेकिंग न्यूज वृंदावन की एक गली से दूसरी गली तक सरपट दौड़ गई। किसी ने यह खबर लड्डू को दी तो बोला, 'वामे का बुराई है। पढ़ो-लिखो छोरा है, सीए है, बालिग है, तुमें का मिर्ची लग रईऐ।' जबकि यह खबर जैसे ही वैजंती के सगे भाइयों

तक पहुँची तो घर में तूफान उठ गया।

'हम पेलेई केरए हते अम्मा, लेकिन तुमन ने अपनो फोन दे दे के खुसुर-पुसुर करन देयो।'

एक की बात खत्म हुई तो दूसरा बोला, 'च्यों चाची, तुमे तो बड़ी हँसी आए रइ ए, तुम छत पे साथ खड़ी रहीं और नैन मट्टका होतो रओ।'

लड्डू को जैसे ही पता चला कि गोस्वामी परिवार की दूसरी ब्रांच में कोहराम मचा है तो वैजंती से मिलने पहुँच गया। लड्डू परिवार का है, इसलिए बिना रोक-टोक वैजंती के कमरे में पहुँच गया। वैजंती की नजर जैसे ही लड्डू पर पड़ी, फूटकर रोने लगी और गले लगा लिया।

तीसरा बोला, 'आज से जाको बाहर आनो जानो बंद।'

पिता चुपचाप खड़े-खड़े अपनी लाडली के किस्से सुनते रहे। माँ ने जब देखा कि बात घूम-फिरकर उस पर आ रही है तो बोली, 'अब फैसला कर लो पंडितजी, लड़का खोजोगे, हे गई बहुत पढ़ाई-लिखाई, वाको ब्याह करा देओ बस।'

वैजंती ने खुद को कमरे में बंद कर लिया और चुपचाप सबकी बातें सुनकर रोती रही।

लड्डू को जैसे ही पता चला कि गोस्वामी परिवार की दूसरी ब्रांच में कोहराम मचा है तो वैजंती से मिलने पहुँच गया। लड्डू परिवार का है, इसलिए बिना रोक-टोक वैजंती के कमरे में पहुँच गया। वैजंती की नजर जैसे ही लड्डू पर पड़ी, फूटकर रोने लगी और गले लगा लिया। लड्डू भी द्रवित हो गया, फिर जैसा कि लड्डू की फितरत थी, हर उलझी चीज को सुलझा देने और और टूटी चीज को भी आकार दे देने की, वैसा ही उसने किया। वैजंती से उसकी इच्छा पूछी और बोला, 'दीदी, अपनी बात

हमें लिखकर दे दो, हम पहुँचा देंगे, तुम्हारे अग्रवालजी के पास।'

लड्डू वैजंती का पत्र लेकर आर्यन के पास पहुँचता है। आर्यन उसे देखकर पहले तो घबरा जाता है, लेकिन जैसे लड्डू के चेहरे पर मुसकराहट देखता है तो निश्चिंत हो जाता है। लड्डू पत्र पकड़ाता है और सीधे पूछ लेता है, 'क्यों, खुश तो रखोगे हमारी दीदी को?'

आर्यन की जैसे मुँहमाँगी मुराद पूरी हो गई। लड्डू को गले लगाकर कहता है, 'अरे साले साहब! दिल्ली की एक कंपनी में हमाई नौकरी लग गई है, एक लाख रुपए महीने मिलेंगे, ठाठ से रखेंगे तुमाई दीदी को।'

लड्डू वैजंती का पत्र लेकर आर्यन के पास पहुँचता है। आर्यन उसे देखकर पहले तो घबरा जाता है, लेकिन जैसे लड्डू के चेहरे पर मुसकराहट देखता है तो निश्चिंत हो जाता है। लड्डू पत्र पकड़ाता है और सीधे पूछ लेता है, 'क्यों, खुश तो रखोगे हमारी दीदी को?'

लड्डू को पता था कि गोस्वामी परिवार मिट जाएगा, लेकिन पंडित की बिटिया बनियों में नहीं ब्याहेगा, लेकिन लड्डू को तो टेढ़ी उँगली से ही घी निकालना आता था, अब लड्डू दोनों प्रेमी युगल के बीच मजबूत बंधन बन गया था। लड्डू मोबाइल कॉन्फ्रेंसिंग से दोनों की अकसर बात करा देता, इसलिए दोनों के दिल की बात और भावनाओं को समझ चुका था। परिवार के सदस्य मान बैठे कि गुमसुम रहनेवाली वैजंती अब सामान्य हो गई और पुरानी बातें भुला दी हैं।

एक दिन अचानक वैजंती घर से गायब हो जाती है। परिवार का प्रत्येक सदस्य उसे खोजने में जुट गया। कोई बस स्टैंड की ओर दौड़ा कोई रेलवे स्टेशन तो एक भाई ने अग्रवालजी के घर के आसपास

पहरेदारी शुरू कर दी। किसी की हिम्मत नहीं थी कि सीधे अग्रवालजी से जाकर पूछे। शाम हो गई तो पंडितजी बड़ी हिम्मत कर उनके घर जा पहुँचे। आर्यन के पिता की शहर में अच्छी पहचान थी, मंदिरों के आयोजनों में तन, मन और धन से भूमिका निभाते थे।

पंडितजी ने घुमा-फिराकर पूछा, 'अग्रवाल साहब, आपका बेटा नहीं दिखाई दे रहा है?'

'हाँ पंडितजी, बाकी दिल्ली में नौकरी लग गई है, अभी पंद्रह दिना पहले गयो है।'

इस जवाब ने पंडित को कुछ राहत दी, लेकिन टेंशन बढ़ा दी कि 'आखिर वैजंती फिर किसके साथ गई और गई कहाँ?'

पंडितजी शांत और गुमसुम घर लौट आए। पंडिताइन ने पूछा, 'अरे, वह छोरा तो पंद्रह दिनाते वृंदावन में है ही ना!' फिर किसी ने सलाह दी कि पुलिस में शिकायत कर दी जाए तो किसी ने बदनामी के डर से एक-दो दिन रुकने को कहा।

पंडितजी शांत और गुमसुम घर लौट आए। पंडिताइन ने पूछा, 'अरे, वह छोरा तो पंद्रह दिनाते वृंदावन में है ही ना!' फिर किसी ने सलाह दी कि पुलिस में शिकायत कर दी जाए तो किसी ने बदनामी के डर से एक-दो दिन रुकने को कहा।

अगले दिन सुबह जब दूधवाला पंडितजी के घर आया तो पूछा, 'काहे उदास हो महाराज?'

'अरे, वह बिटिया कल से कहीं चली गई है।'

पंडितजी ने जैसे ही यह कहा तो दूधवाला तपाक से बोला, 'अरे, कल सुभई तो हमने लाली कूँ लड्डू के साथ स्कूटी पर जाते देखो।' पंडितजी की आँखें चौड़ी हो गईं और तुरंत लड्डू को आवाज दी गई,

'च्यों रे, कहाँ छोड़ आयो ए वैजंती कूँ?' तुमे पतो ना कहाँ छोड़ आए।

लड्डू समझ गया कि भाँडा फूट गया है, लिहाजा उसने पूरे आत्मविश्वास के साथ कह दिया 'रेलवे स्टेशन।'

'कहाँ गई हमाई बिटिया?' पंडित पूछते, उससे पहले ही लड्डू बोल पड़ा, 'दोनों बालिग हैं और छोरा पढ़ो-लिखो ए, एक लाख महीना कमा रहोए। खोजबे के बाद भी ऐसो लड़का न मिलतो और दीदी अकेले नाए गई ए, रेलवे स्टेशन पर आए थे आर्यन जीजाजी, कलई दिल्ली के कनॉट प्लेस आर्य समाज मंदिर में दोनों को ब्याह भी हेगो।'

'कहाँ गई हमाई बिटिया?' पंडित पूछते, उससे पहले ही लड्डू बोल पड़ा, 'दोनों बालिग हैं और छोरा पढ़ो-लिखो ए, एक लाख महीना कमा रहोए। खोजबे के बाद भी ऐसो लड़का न मिलतो और दीदी अकेले नाए गई ए, रेलवे स्टेशन पर आए थे आर्यन जीजाजी, कलई दिल्ली के कनॉट प्लेस आर्य समाज मंदिर में दोनों को ब्याह भी हेगो।'

अब सबकी निगाह लड्डू पर थी और बारी-बारी सब फूट पड़े, 'अरे सारे, हमाओ कैसो खून है रे तू, हम पंडितन की नाक कटा दई।'

'एक बार भी हमें न बताओ सारे तूने, हमाई पीठ में छुरा घोंप दियो। तुमे सब पतो थो।'

'ना चाचा, ऐसो कछु नाए, हमने तो अपनो फर्ज निभायो ए। दीदी ने हमसे कही, स्टेशन छोड़ दो, हमने पहुँचा दियो।' और चाचा, हम फिर कह रहे हैं, लड़का भोतई बढ़िया है। खोजबे ते भी न मिलतो।'

'चल हट, तू दूर हो हमाई नजरन ते! आज ते तुमाए परिवार से हमाओ कोई संबंध नाए।'

तब तक बाबा भी आ पहुँचे, बाबा को भी इस बात पर एतराज था कि

पंडितन की बिटिया कैसे बनियन में ब्याह गई, लेकिन लड्डू के आगे उनके तर्क काम नहीं किए। लड्डू बार-बार यही कहता रहा था कि 'लड़का देखो, उनको खानदान देखो, छोटे नाए हमते, मिलतो ऐसो लड़का ? चलो, हम जिम्मेदारी ले रए, जो दीदी को जरा भी परेशानी भई।'

लड्डू की इस बात पर कि लड़का पढ़ा-लिखा और एक लाख महीना कमाता है, वैजंती के पिता और माँ ने इन लाइनों की गुपचुप समीक्षा शुरू कर दी। परिवार के अन्य सदस्य इस तरह लड़की के भागकर दूसरी जात में शादी कर लेने को पचा नहीं पा रहे थे। कुछ इसमें लड्डू की साजिश तो कुछ उसका बचपना मानकर उसकी गलती ढक रहे थे। समय के साथ वैजंती अपने पति के साथ खुश रहने लगी और कुछ सालों बाद अपनी ससुराल, यानी अग्रवालजी के घर आने लगी। वैजंती के मायकेवालों के नाम पर लड्डू ही था, जो उससे मिलने भी जाता था। वैजंती अपनी शादी का पूरा श्रेय लड्डू को देती और कहती, मेरा लड्डू गोपाल न होता तो मैं जान दे देती। प्रेमी युगल जानते थे कि यह पूरा ताना-बाना लड्डू का बुना है, जिसने बखूबी उसे अंजाम तक पहुँचाया।

लड्डू की इस बात पर कि लड़का पढ़ा-लिखा और एक लाख महीना कमाता है, वैजंती के पिता और माँ ने इन लाइनों की गुपचुप समीक्षा शुरू कर दी। परिवार के अन्य सदस्य इस तरह लड़की के भागकर दूसरी जात में शादी कर लेने को पचा नहीं पा रहे थे।

लड्डू के इस कारनामे ने परिवार के सदस्यों के बीच भले ही मनमुटाव ला दिया हो, लेकिन वृंदावन वाले छोटी उम्र के लड्डू की हिम्मत और सूझ-बूझ की दाद देते थे।

'लड्डू भइया, बड़ा जिगरा है तुममें, किसी की परवाह न करी।'

लड्डू को किसी की बात अच्छी लगती तो अनोखे अंदाज में कहता, 'अरे, कितनी बार मेरा दिल जीतोगे एक ही दिल है, जो तुम्हें पहले ही दे चुका हूँ।' हालाँकि ऐसा किसी एक या दो से नहीं, बल्कि हर चाहनेवाले को पता थी कि उसका दिल सबके लिए बराबर ही धड़कता है। लड्डू को टूटने को बनाना और रूठने को मनाना आता था।

उन दिनों लड्डू के स्कूल में बनारस से ट्रांसफर हो कर आए सिटी मजिस्ट्रेट राधेश्याम तिवारी के बेटे चंचल तिवारी ने दाखिला लिया था, जैसा नाम वैसी ही फितरत। चंचल का दाखिला देर से हुआ, इसलिए छूटी हुई पढ़ाई के साथ स्कूल और वृंदावन को समझने का जिम्मा लड्डू के कंधे पर था। पहले दिन लड्डू के बगल में बैठे चंचल दी केमिस्ट्री इस कदर मेल खाई, जैसे की धार्मिक स्थलों के धर्माचार्यों का मिलन हुआ हो। कुछ घंटों में दोनों ने एक-दूसरे की विद्वत्ता परख ली। चंचल की जुबाँ ठेठ बनारसी और बृजवासी लड्डू की मृदुभाषा के गूढ़ रहस्यों से धीरे-धीरे परदा उठने लगा था।

उन दिनों लड्डू के स्कूल में बनारस से ट्रांसफर हो कर आए सिटी मजिस्ट्रेट राधेश्याम तिवारी के बेटे चंचल तिवारी ने दाखिला लिया था, जैसा नाम वैसी ही फितरत। चंचल का दाखिला देर से हुआ, इसलिए छूटी हुई पढ़ाई के साथ स्कूल और वृंदावन को समझने का जिम्मा लड्डू के कंधे पर था।

चंचल के 'जय बाबा की' और 'हर-हर महादेव' के संबोधन पर 'राधे-राधे' का रंग चढ़ने लगा था, लेकिन उसके लिए खासकर दोस्तों के बीच अलग-अलग ढंग से 'राधे-राधे' बोले जाने पर उसे डी-कोड करना मुश्किल था।

'यार, लड्डू बनारस में तो लोग बातचीत में आगे-पीछे गाली लगाकर शब्दों को छितराकर जोर से अपनी बात कहते हैं और यहाँ

लड़ते भी हैं तो बातचीत में 'राधे-राधे…' शामिल रहता है।'

'अभी आए हो, वृंदावन के रंग-ढंग इतनी जल्दी समझ में नहीं आते।'

'कुछ तो बताओ, गुरु!' अपने लिए गुरु शब्द सुनते ही लड्डू बोला, 'अब जब तुमने हमें गुरु मान लिया तो जान लो…हमाई राधा रानी की पावर।'

'यहाँ जब हम किसी बड़े कूँ नमस्कार करें तो बड़ी विनम्रता के स्वर में बोलें, 'राधे-राधे', जब बड़े पलट के बोलिंगे तो आशीर्वाद की भाषा हो, 'जय-जय श्रीराधे!' सँकरी सड़क पे आगे निकलने के लिए किसी से रास्ता माँगनो होय तो जोर लगा के बोलें, 'राधे…' आगे वालो अपने आप समझ जाए कि बाकूँ रास्ता देनो है, अगर काऊ छोरी के साथ नैन-मटक्का चल रहे होंय तो लोग बोलिंगे कि इनकी आपस में बहुत 'राधे-राधे' चल रही है। यदि किसी से झगड़ा हो जाए तो भी कहेंगे, तू अकेले में मिल, तब तेरी सारी राधे निकाल दूँगो।' लड्डू ने ऐसे ही न जाने के कितने उदाहरण देकर चंचल को बताया कि अब तुम राधे की परिभाषा समझो, वृंदावन का 'राधे-राधे' महज एक-दूसरे से

'यहाँ जब हम किसी बड़े कूँ नमस्कार करें तो बड़ी विनम्रता के स्वर में बोलें, 'राधे-राधे', जब बड़े पलट के बोलिंगे तो आशीर्वाद की भाषा हो, 'जय-जय श्रीराधे!' सँकरी सड़क पे आगे निकलने के लिए किसी से रास्ता माँगनो होय तो जोर लगा के बोलें, 'राधे…' आगे वालो अपने आप समझ जाए कि बाकूँ रास्ता देनो है, अगर काऊ छोरी के साथ नैन-मटक्का चल रहे होंय तो लोग बोलिंगे कि इनकी आपस में बहुत 'राधे-राधे' चल रही है।

अभिवादन में बोले जानेवाले 'राम-राम' तक सीमित नहीं है। जीवन के जितने भाव हैं, सब राधा में निहित हैं। राधे शब्द का प्रयोग करते समय स्वर, अंदाज और वाक्य में उसका स्थान तय करता है कि वहाँ राधे बोलने का क्या मतलब है।

चंचल राधे के इतने प्रयोगों से चमत्कृत था। आँखें फाड़कर सुने जा रहा था। उसे अपना बनारस याद आ रहा था, जहाँ जो जितना अभिन्न उसे उतनी ही भिन्न किस्म की गालियों का सम्मान मिलता था।

चंचल राधे के इतने प्रयोगों से चमत्कृत था। आँखें फाड़कर सुने जा रहा था। उसे अपना बनारस याद आ रहा था, जहाँ जो जितना अभिन्न उसे उतनी ही भिन्न किस्म की गालियों का सम्मान मिलता था। उसने भी लड्डू को बनारस की गाली देने की परंपरागत शैलियों से परिचित कराया। लड्डू और चंचल जब मिलते तो उनमें खूब राधे-राधे, यानी चुहुलबाजी होती।

~❖~

वृंदावन की लगभग हर खानपान की दुकान पर लड्डू का खाता चलता था। बचपन से ही बाबा ने कह रखा था, 'लाला जो माँगे, दे देना, पैसा हम देंगे।' बाबा के लाडले लड्डू को अकेले खाना पसंद नहीं था। जलेबी और कचौड़ी का दोना जैसे ही लड्डू के हाथ आता, दोस्तों से घिर जाता, फिर तो दुकानदार ही दोने गिनता और उसका पेमेंट बाबा करते। बाबा दुकानदार से हिसाब पूछते जरूर, लेकिन उन्हें लगता, सार्वजनिक तौर पर दोने पूछेंगे तो लड्डू को नजर लग जाएगी, इसलिए सहज भाव से कहते, 'चलो-चलो, कोई बात नहीं, बताओ, देना कितना है!'

लड्डू मिश्री का भी खयाल रखता था। उसे पसंद नहीं था कि

जिस समय दोस्तों के साथ हो तो मिश्री वहाँ रहे। एक दिन लड्डू के एक दोस्त ने मिश्री को लेकर अभद्र टिप्पणी कर दीं लड्डू ने अनसुना कर दिया। उसने फिर एक दिन मिश्री को लेकर कुछ ऐसी बात कह दी, जो लड्डू को चुभ गई। इस बार लड्डू ने उसे सबक सिखाने की ठान ली। उसे बड़ी चतुराई से अपने से एक बड़े दोस्त को इस काम में लगा दिया, जिसने किसी दूसरे बहाने से उसकी जमकर ठुकाई की। ठुका-पिटा दोस्त जब हाथ में पट्टी बाँधकर लड्डू से मिला तो उसकी चुटकी लेते हुए उसे अहसास भी कराया कि बिना बात किसी पर ओछी टिप्पणी नहीं करते हैं।

लड्डू के दोस्तों में एक राहुल खाँ भी था। लड्डू अकसर मंदिर से चढ़ा हुआ प्रसाद दोस्तों को खिलाने के लिए लाता। राहुल उससे झट पूरा प्रसाद बाँटने के लिए ले लेता। ऐसा वह इसलिए करता, ताकि सबके हाथ में थोड़ा-थोड़ा प्रसाद देने के बाद बचा हुआ पूरा प्रसाद उसका हो जाए। राहुल खाँ नई पीढ़ी के वृंदावन के उन युवाओं में है, जिसका नाम धर्मों में भेद नहीं बताता, हालाँकि लड्डू मजे लेने के लिए कहता, ठाकुर का प्रसाद खा-खाकर तू पक्का भगत हो गया है, कहीं बिरादरी वाले बेदखल न कर दें। राहुल जोर से हँसा और प्रसाद का आखिरी चूरा भी एक बार में मुँह में रख लिया।

लड्डू के दोस्तों में एक राहुल खाँ भी था। लड्डू अकसर मंदिर से चढ़ा हुआ प्रसाद दोस्तों को खिलाने के लिए लाता। राहुल उससे झट पूरा प्रसाद बाँटने के लिए ले लेता। ऐसा वह इसलिए करता, ताकि सबके हाथ में थोड़ा-थोड़ा प्रसाद देने के बाद बचा हुआ पूरा प्रसाद उसका हो जाए।

वृंदावन में कुछ मुसलिम परिवारों में इसी तरह बच्चों के नाम परंपरागत नामों से हटकर मिल जाएँगे। बाहर से आनेवालों को ऐसे

नामों की जुगलबंदी अटपटी जरूर लगती होगी, लेकिन यहाँ के लोगों के मिजाज ने इसे सहजता से आत्मसात् कर लिया है। नाम, रूप और लीला के धाम में नाम को लेकर कोई विवाद भी नहीं है।

लड्डू अकसर मिश्री के लिए भी दोने में जलेबी और कचौड़ी के ले जाता था। मिश्री को मीठा कम पसंद था, लेकिन लड्डू ने जो भी लाकर दिया, उसे प्रसाद समझ माथे पर लगा खा लेती। बचपन से ही मिश्री को चावल बहुत पसंद थे। लड्डू के घर भी उसे जब-तब भोगवाला केसर वाला मीठा चावल खाने को मिलता था। अपने घर भी उसकी फरमाइश दाल-चावल, कढ़ी-चावल, पुलाव, खिचड़ी की रहती। हाँ, फ्राइड राइस की दीवानी थी। फ्राइड राइस की खुशबू उसे अपनी ओर खींचती थी और उसके लिए मचल जाती थी।

देश-दुनिया की ऐसी कोई चीज नहीं है, जो वृंदावन में न मिलती हो। चाऊमीन, मोमोज, रोल, फ्राइड राइस, मंच्यूरियन, पिज्जा-बर्गर, पास्ता जैसी महानगरों के मॉल व बाजारों में मिलनेवाली चीजों की यहाँ भी ठेलियाँ लगती हैं और दुकानों में मिलती हैं।

देश-दुनिया की ऐसी कोई चीज नहीं है, जो वृंदावन में न मिलती हो। चाऊमीन, मोमोज, रोल, फ्राइड राइस, मंच्यूरियन, पिज्जा-बर्गर, पास्ता जैसी महानगरों के मॉल व बाजारों में मिलनेवाली चीजों की यहाँ भी ठेलियाँ लगती हैं और दुकानों में मिलती हैं। भारी-भरकम कढ़ाई में पूरे दिन दूध औटने वाले पुराने हलवाइयों के बेटे ही अपने बाप-दादा के बिजनेस को हलकी कढ़ाई में उछलते जंक फूड से नया रूप देने में जुट गए हैं। रबड़ी, मलाई, लस्सी में गुलाब जल, केवड़ा, केसर, इलाइची की खुशबू के साथ अब वृंदावन में भी प्याज, सॉस और वैनेगर की खुशबू तथा धाँस नई पीढ़ी को पसंद आने लगी थी। कुछ अधेड़ और बुजुर्ग इस

खान-पान को गलत ठहराते और छिपकर स्वाद भी लेते।

देवकी बाबा अकसर अपनी चर्चा में नई पीढ़ी को बताते कि एक समय वृंदावन में दूर-दूर तक प्याज नहीं मिलता था और न ही कोई किसान इसकी खेती करते थे। प्याज-लहसुन को तामसिक माना जाता है, अब शहर का एक कोना इन्हीं आयातित विदेशी खानपान के व्यंजनों के लिए मशहूर हो चला है।

देवकी बाबा अकसर अपनी चर्चा में नई पीढ़ी को बताते कि एक समय वृंदावन में दूर-दूर तक प्याज नहीं मिलता था और न ही कोई किसान इसकी खेती करते थे। प्याज-लहसुन को तामसिक माना जाता है, अब शहर का एक कोना इन्हीं आयातित विदेशी खानपान के व्यंजनों के लिए मशहूर हो चला है।

मिश्री जब भी इन ठेलों के सामने से निकलती, कढ़ाई में उछलते फ्राइड राइस को देख मचलने लगती। मिश्री की हमेशा से यही कोशिश होती कि जब लड्डू साथ न हो तभी फ्राइड राइस खाए। एक दिन मिश्री ने जैसे ही फ्राइड राइस की प्लेट हाथ में पकड़ी ही थी, उधर से लड्डू आ गया।

'च्यों हमें बिना पूछे तुम खाए रइ ओ और हम हैं कि जो कछु भी खाएँ तो तुमाए लिए जरूर दोना लेके आमें।' मिश्री को लड्डू से इस तरह और ऐसे सवाल की उम्मीद नहीं थी।

मिश्री थोड़ा सा खीझती हुई बोली, 'तुम कैसे खा लेते फ्राइड राइस, प्याज पड़ी ए और तुमने जो गले में तुलसी की कंठीमाला पहन रखी है, कैसे खा लेते ? बस जाईमारे हमने तुम्हें कभी नहीं पूछी और तुमसे छुपाके खाए रए।'

इतना कहकर मिश्री दुकानदार को पैसे दिए और बिना खाए प्लेट छोड़कर वहाँ से चली गई। दुकानदार और लड्डू आवाज देते रहे, लेकिन

मिश्री नहीं रुकी और उनकी बातों को अनसुना कर दिया।

लड्डू को कुछ मिनट में ही अपनी गलती का एहसास हो गया। उसे भी मिश्री का रूठना कतई पसंद नहीं था। लिहाजा उसने तय कर लिया कि वह जल्द ही मिश्री को उसका पसंदीदा फ्राइड राइस जरूर खिलाएगा। लड्डू जानता था कि मिश्री जिद्दी है, ऐसे मानेगी नहीं तो उसने तरकीब निकाली और एक दोस्त को मिश्री के पास भेजा, जिसने बताया कि लड्डू का एक्सीडेंट हो गया है, काफी चोट लग गई है। चूँकि मिश्री पहले इस तरह की घटना देख चुकी थी, इसलिए बिना देरी पहुँच गई।

लड्डू ने इसके लिए वही स्थान चुना था, जहाँ नई चीजों के खान-पान की दुकानें थीं। मिश्री दौड़ी-दौड़ी पहुँची तो लड्डू उसे देखकर हँसने लगा। कहाँ लगी चोट, मिश्री ने पूछा तो अपने अंदाज में बोला, 'कितनी बार मेरा दिल जीतोगी, एक ही दिल है, जो तुम्हें पहले दे चुका हूँ।' इतना कहते ही मिश्री बोली 'ड्रामेबाज' और उसकी आँखों में आँसू तथा चेहरे पर हँसी आ गई। मिश्री की नजर लड्डू के गले पर पड़ी, 'अरे, तुम्हारी कंठीमाला कहाँ गिर गई।'

लड्डू ने इसके लिए वही स्थान चुना था, जहाँ नई चीजों के खान-पान की दुकानें थीं। मिश्री दौड़ी-दौड़ी पहुँची तो लड्डू उसे देखकर हँसने लगा। कहाँ लगी चोट, मिश्री ने पूछा तो अपने अंदाज में बोला, 'कितनी बार मेरा दिल जीतोगी, एक ही दिल है, जो तुम्हें पहले दे चुका हूँ।'

'गिरी नहीं है, सखी! हमें आज तुम्हारे साथ फ्राइड राइस खाने थे, सो उतारकर रख दी, कल नहा के फिर पहन लेंगे।'

मिश्री बचपन से जानती थी कि अगर लड्डू ने कुछ ठान ली तो फिर करके ही मानता है।

लड्डू बोला, 'क्योंकि मैं कभी झूठ नहीं बोलता तो इसलिए कान खोलकर साफ-साफ सुन लो, मैंने तुम्हारे लिए कोई पहली बार कंठी उतारकर प्याज नहीं खाया है।'

लड्डू के ठेले में खड़े होकर फ्राइड राइस खाने की सूचना बाबा तक पहुँच गई थी। पड़ोस के चाचा ने लड्डू को मिश्री के साथ ठेले पर फ्राइड राइस खाते देखा तो आगबलूला हो सीधे बाबा से शिकायत करने पहुँच गए थे।

लड्डू के ठेले में खड़े होकर फ्राइड राइस खाने की सूचना बाबा तक पहुँच गई थी। पड़ोस के चाचा ने लड्डू को मिश्री के साथ ठेले पर फ्राइड राइस खाते देखा तो आगबलूला हो सीधे बाबा से शिकायत करने पहुँच गए थे।

'मुसलमंटी के साथ खा रहो है तुमाओ लाडला। इतनी बार कही, लेकिन तुमने मना न करी।'

बाबा चुपचाप सुनते रहे।

'सुन रहे हो, तुमाई चुप्पी का नतीजा है, अब खानदान की नाक कटिबे को रह गई है। रासलीला देखकर लोग थू-थू कर रहे हैं। हमें पता है, जब आवेगो तो फिर पुचकार लेना।'

'ना-ना, आन दो, खैर नाए वाकी।'

'कान खोल के सुन लो, वृंदावन के लोग बरदाश्त न करेंगे, अब कि पंडित खुलेआम मुसलमाननी के साथ खान-पान करें।' चाचा बड़बड़ाते हुए चले गए। उन्हें भी मौका मिला था लड्डू से पुराना बदला लेने का।

बाबा हमेशा तो ऐसी शिकायत को नजरअंदाज कर कह देते थे, 'अरे, बालक है अभी, समझ जाएगा।' लेकिन आज उनका गुस्सा चेहरे पर दिख रहा था।

लड्डू के आते ही बाबा फट पड़े।

बाबा ने पास बुलाया, 'तुमाए मुँह से प्याज महक रही है। अपने बाप की तरह हरकत न करो।'

फिर बाबा को याद आया, आज तो एकादशी थी। तुमने चावल भी खा लिया। अब तो बाबा का गुस्सा सातवें आसमान पर था। बाबा बोले जा रहे थे, 'प्याज-लहसुन तामसिक है, धर्म भ्रष्ट कर दिया तुमने।' हालाँकि बाबा की बात से साफ झलक रहा था कि उन्हें मिश्री के साथ घूमने पर गुस्सा नहीं था, बल्कि गुस्सा प्याज-लहसुन और एकादशी में चावल खाने पर था।

फिर बाबा को याद आया, आज तो एकादशी थी। तुमने चावल भी खा लिया। अब तो बाबा का गुस्सा सातवें आसमान पर था। बाबा बोले जा रहे थे, 'प्याज-लहसुन तामसिक है, धर्म भ्रष्ट कर दिया तुमने।' हालाँकि बाबा की बात से साफ झलक रहा था कि उन्हें मिश्री के साथ घूमने पर गुस्सा नहीं था, बल्कि गुस्सा प्याज-लहसुन और एकादशी में चावल खाने पर था।

'अरे बाबा, अरे बाबा!' लड्डू कुछ बोलना चाहता, लेकिन बाबा रुकने का नाम नहीं ले रहे थे।

'जैसा खाए अन्न, वैसा बने मन, यहई सब खाकर तू इधर-उधर खुराफात करता घूमता है और सुननी हमें पड़ती है।' लड्डू भी अड़ गया, 'बाबा, प्याज-लहसुन खेत में होता है, बहुत गुणकारी है। गरमी लग जाए तो प्याज, ठंड लग जाए तो लहसुन।'

फिर तार्किक अंदाज में लड्डू बोला, 'बाबा, ऐसे तो तुम्हें अदरक की चाय बहुत पसंद है, जमीन के अंदर होती है और महकती भी है।'

'अरे, तो वैष्णव धर्म में ऐसो कहाँ लिखो है कि अदरक नहीं खाना

है बुजुर्गन ने जो नियम बनाए हैं, उन्हें तो मानना पड़ेगो।'

'तो बाबा, वैष्णव धर्म में जे कहाँ लिखा कि प्याज-लहसुन नहीं खाना है ?'

'हाँ, लिखा कैसे नहीं है, लिखा है कि यह तामसिक है, वैष्णव को नहीं खाना है।'

लड्डू के तर्कों के आगे बाबा बेबस थे, लेकिन लगातार लड्डू को डाँटते रहे। अचानक उनके मुँह से निकल गया कि 'यहाँ वृंदावन में तुम्हारा प्याज-लहसुन नहीं चलेगा, अपने बाप के पास लंदन में रहना तो जो मन आए खाना।'

लड्डू के तर्कों के आगे बाबा बेबस थे, लेकिन लगातार लड्डू को डाँटते रहे। अचानक उनके मुँह से निकल गया कि 'यहाँ वृंदावन में तुम्हारा प्याज-लहसुन नहीं चलेगा, अपने बाप के पास लंदन में रहना तो जो मन आए खाना।'

लड्डू ने बाबा की बात पकड़ ली, बोला, 'ठीक है, अब हम लंदन चले जाएँगे, यहाँ नहीं रहेंगे।'

लड्डू के ऐसा कहते ही बाबा कुछ देर के लिए सन्न रह गए और खामोश हो गए। कुछ शांत होते हुए बोले, 'अरे भई, तू कभी भी फ्राइड राइस खा, लेकिन बस एकादशी का तो ध्यान रखा कर।'

~❖~

लड्डू और मिश्री के बीच रिश्ता क्या है, इसे लेकर भी वृंदावन में चर्चा शुरू हो गई थी। चार साल बड़ी मिश्री बड़े अदब के साथ उसे 'मिस्टर लड्डू' बुलाती और लड्डू ने बचपन से ही उसे सखी पुकारता था। न जाने कितनी बार देवयानी बाबा ने टोका भी कि 'अरे, दीदी क्यों

नहीं कहता!' लड्डू हँसकर जवाब देता, 'जे तो हमाई सखी है।' और फिर मिश्री भी मुसकरा देती।

लड्डू और मिश्री के बारे तरह-तरह की बातें भी होतीं, लेकिन न तो लड्डू ने और न ही मिश्री ने इसकी परवाह की। कभी लड्डू के पीछे बैठकर मिश्री स्कूटी पर होती तो कभी मिश्री चलाती और लड्डू पीछे बैठता। एक दिन अचानक लड्डू जब मिश्री के साथ निकला था, तभी अचानक सेवाकुंज के पास स्कूटी स्लिप कर गई। दोनों गिरते हैं, लड्डू को खरोंच तक नहीं आई, लेकिन मिश्री के पैर में चोट आ गई और खुद से उठ नहीं पाई। लड्डू मिश्री के पैर पकड़कर उसे उठाने की मदद करता है। मिश्री रोकती है, लेकिन लड्डू उसका पैर पकड़ लेता है और पंजे को अपनी हथेली में लेकर घुमाता है और कहता है, 'टूटा नहीं है।' दर्द से कराह रही मिश्री हँस पड़ती है। दोनों को घेर कर खड़ी भीड़ का इस तरह पंडित का बेटा मिश्री को पैर पकड़कर उठा रहा है, देखकर हैरान थी। मिश्री ने भी धीरे से कहा, 'अरे पंडितजी, पैर न पकड़ो।' शायद पहली बार लड्डू ने मिश्री के मुँह से पंडितजी सुना।

लड्डू और मिश्री के बारे तरह-तरह की बातें भी होतीं, लेकिन न तो लड्डू ने और न ही मिश्री ने इसकी परवाह की। कभी लड्डू के पीछे बैठकर मिश्री स्कूटी पर होती तो कभी मिश्री चलाती और लड्डू पीछे बैठता। एक दिन अचानक लड्डू जब मिश्री के साथ निकला था, तभी अचानक सेवाकुंज के पास स्कूटी स्लिप कर गई।

'आज साफ कर दो कि तुम हमारी सखी हो कि नहीं? यह पंडितजी-वंडितजी क्या लगा रखा है? हमने तुम्हारा पैर पकड़कर कोई गुनाह थोड़े कर दिया!'

फिर भीड़ की तरफ देखते हुए बोला, 'लो, एक बार नहीं, हम अपनी सखी के हजार बार पैर पकड़ेंगे, दबाएँगे; सुन लो, हम दास हैं अपनी सखी के और यहाँ कोई तमाशो तो चल नाए रहो।'

मिश्री भी खामोश और अचंभित हो लड्डू के इस तेवर को देखती रही। लड्डू ने उसे रिक्शा में बिठाकर घर भेज दिया।

लड्डू अपनी सभी बातें बाबा को जरूर बताता था। आज भी उसने लौटकर पूरा किस्सा बाबा को सुनाया कि किस तरह सेवाकुंज मंदिर के सामने दोनों स्कूटी से गिर पड़े। बाबा कुछ बोल पाते, इससे पहले लड्डू ने कहा, 'हमने कोई गुनाह नहीं कर दिया सखी के पैर में हाथ लगाकर, अगर हमाए ऐसा करने से आपकी पंडिताई में कोई दिक्कत आ रही होय तो हमें बेदखल कर दो।'

लड्डू अपनी सभी बातें बाबा को जरूर बताता था। आज भी उसने लौटकर पूरा किस्सा बाबा को सुनाया कि किस तरह सेवाकुंज मंदिर के सामने दोनों स्कूटी से गिर पड़े।

'अरे पगले! कौन कह रहा है कि गलत किया। अरे, यह समझो कि अपनी बड़ी बहन के पैर पकड़े।'

लड्डू फिर उखड़ गया, 'आपकूँ कित्ती बार समझाएँ, मिश्री हमाई सखी है सखी।'

बाबा जोर से हँसे और बोले, 'तू जान और सेवाकुंज के ठाकुर जानें, जो खुदई राधारानी की चाकरी में लगे हैं।'

लड्डू का सोलहवाँ बर्थडे धूमधाम से मनाया जाना था, क्योंकि इस साल उसके पापा वासु लंदन से लौट रहे थे। बाबा ने बर्थडे पर विशेष पूजा-अर्चना, भजन-कीर्तन की व्यवस्था की, जबकि वासु के कहने पर देवयानी ने लड्डू की पसंद का केक और विशेष सजावट की व्यवस्था कराई। बाबा के कहने पर अपने सोलहवें जन्मदिन पर लड्डू

धोती-कुरता, लंबा तिलक लगाकर अपने कोट-पैंटवाले पिता वासु के सामने आता है। वहीं मौजूद मिश्री को देखकर वासु कहता है, 'राधे-राधे लाली,' तो मिश्री जवाब में कहती, 'जै श्रीकृष्णा!' लड्डू को वृंदावनी पोशाक में देख मिश्री का चेहरा खिल उठता है और जल्दी से अपनी आँखों के कोरों से काजल निकालकर उसके मत्थे पर लगा देती है। लड्डू झिझकता और उसका हाथ पीछे करने की कोशिश करता है। बाबा कहते हैं, 'अरे, बचपन से तुझे बुरी नजर से बचाती आ रही है।'

वासु मजा लेता है, 'जे खुदई कारो है, काजर की जरूरत का है। काजल तो इस मृगनयनी लाडली को लगना चाहिए, सयानी है गई ए।'

वासु के इतना कहते ही मिश्री लजा जाती है, उसे उस दिन अपने बड़े होने का अहसास हुआ।

घर आते ही मिश्री की माँ कुलसुम शादी-ब्याह की बातें शुरू कर देती है। बोली, 'अब एक साल बाद जब तू 21 बरस हो जाएगी, तेरो ब्याह कर देंगे।' मिश्री को यह बात चुभ गई, 'मुझे ब्याह-ब्याह नहीं करना।' फिर बोली, 'अच्छा अम्मा, बताओ, शादी में लड़का लड़की से बड़ा काहे होता है?'

घर आते ही मिश्री की माँ कुलसुम शादी-ब्याह की बातें शुरू कर देती है। बोली, 'अब एक साल बाद जब तू 21 बरस हो जाएगी, तेरो ब्याह कर देंगे।' मिश्री को यह बात चुभ गई, 'मुझे ब्याह-ब्याह नहीं करना।' फिर बोली, 'अच्छा अम्मा, बताओ, शादी में लड़का लड़की से बड़ा काहे होता है?'

माँ ने भी टालते हुए कहा, 'अरे, ताकि तेरी जैसी नासमझ को समझा सके।' 'लेकिन माँ···' इतना कहकर मिश्री चुप हो गई।

वासु की करीब एक महीने की छुट्टी समाप्त होने को थी। देवयानी

अंदर-ही-अंदर तैयारियों में जुटी थी। चूँकि अभी तक न बाबा को बताया और न इजाजत ली थी, इसलिए सबकुछ छुपते-छुपाते। वासु ने लंदन में अपना घर ले लिया था, लिहाजा वह बार-बार यही कहता, 'बाबा, इस खँडहर को बेच दो, अब यहाँ ऐसे में कौन रहेगा?'

बाबा यही कहते, 'हमारे लिए तो मंदिर के साथवाला कमरा ही काफी है।'

वासु ने बाबा से पूछे बिना मकान के खरीदार भी खोजने शुरू कर दिए।

वृंदावन में कुछ छुपता नहीं, इसलिए जैसे ही बाबा के कान तक ब्रेकिंग न्यूज पहुँची, उन्होंने वासु से पूछ ही लिया, 'जे क्या सुन रहे हैं, तू सबकुछ बेचकर सबको विदेश ले जा रहा है? सुन लो, हम तो जाए नहीं रए और हाँ तुम्हें लगता है कि ठीक कर रहे हो तो तुम जानो। देवयानी और लड्डू से पूछ लिया है?'

वृंदावन में कुछ छुपता नहीं, इसलिए जैसे ही बाबा के कान तक ब्रेकिंग न्यूज पहुँची, उन्होंने वासु से पूछ ही लिया, 'जे क्या सुन रहे हैं, तू सबकुछ बेचकर सबको विदेश ले जा रहा है? सुन लो, हम तो जाए नहीं रए और हाँ तुम्हें लगता है कि ठीक कर रहे हो तो तुम जानो। देवयानी और लड्डू से पूछ लिया है?'

वासु ने कहा, 'हाँ बाबा, दोनों तैयार हैं।'

'तो फिर अब हमसे पूछने की का जरूरत! तुम्हें हम लाए ही इसी शर्त पर थे कि बालिग होने पर मंदिर छोड़कर पूरी प्रॉपर्टी तुम्हारी, अब जैसा चाहो, करो।'

बाबा का चेहरा गुस्से से तमतमाया और मन अंदर से इस कदर दुःखी कि शाम को बाबा मंदिर से घर नहीं लौटे। उधर से गुजर रही मिश्री

ने देखा तो पूछा, 'बाबा घर नहीं गए ?'

'अब क्या जाएँ, लाली! न घर है, न ही घरवाले।'

'क्या मतलब ?' मिश्री के सवाल का जवाब बाबा के पास नहीं था।

फिर खुद को सँभालते हुए बोले, 'अरे, वृंदावन में लड्डू को वह सब कहाँ मिलेगा, जो लंदन में होगा। वहाँ राजा की जिंदगी बिताएगा, अब हमें कोई जिंदगी भर उसके साथ थोड़े रहनो है।'

'लेकिन बाबा…' इतना कहकर मिश्री खामोश हो गई।

शायद पहली बार उसने ठाकुरजी से कहा कि 'तेरा फैसला ठीक हो सकता है, लेकिन मेरी विनती है कि लड्डू का वृंदावन न छूटे।'

मिश्री को बचपन में कही गई कामवाली दमयंती की बात श्राप लगने लगी। मिश्री को दमयंती की कही बात कि 'जब यह बड़ा होगा तो तेरी ओर देखेगा भी नहीं' उसके दिमाग में गूँजने लगी।

मिश्री इस उधेड़बुन में फँस गई कि आखिर जैसा लड्डू कहता था, वैसा ही कर दिखाया। मन-ही-मन में बोली, 'निर्मोही है, बाबा का तो ध्यान किया होता। आखिर बाबा कब तक मंदिर में सेवा देंगे, कौन सँभालेगा ठाकुरजी को।' फिर खुद ही मान बैठी कि इस पर उसका कोई जोर नहीं है।

मिश्री इस उधेड़बुन में फँस गई कि आखिर जैसा लड्डू कहता था, वैसा ही कर दिखाया। मन-ही-मन में बोली, 'निर्मोही है, बाबा का तो ध्यान किया होता। आखिर बाबा कब तक मंदिर में सेवा देंगे, कौन सँभालेगा ठाकुरजी को।' फिर खुद ही मान बैठी कि इस पर उसका कोई जोर नहीं है। उसे तो बस बार-बार यह साल रहा था कि उसका सबसे प्यारा खिलौना अब छिन जाएगा। लड्डू के चेहरे पर लंदन जाने की खुशी और मिश्री का शांत चेहरा उस पल को लेकर चिंतित था जिस दिन उसकी

लंदन की फ्लाइट थी। लड्डू भी अपने पिता के नक्शे-कदम पर चलकर विदेशी एक्सेंट में इंग्लिश बोलकर वृंदावन वालों को इंप्रेस कर रहा था।

विदेश जाने से एक दिन पहले लड्डू और मिश्री एक-दूसरे से मिलते हैं। लड्डू ने अंग्रेजी में कहा, 'हाउ आर यू प्रिटी गर्ल?' मिश्री बोली, 'आई एम फाइन बट, तुम तो बाबा के लिए भी नहीं रुक रहे।'

'तो यहाँ रहकर कौन सा तोए मो संग ब्याह रचानो ए।''मोते ब्याह करिबो को मूड है का?'

विदेश जाने से एक दिन पहले लड्डू और मिश्री एक-दूसरे से मिलते हैं। लड्डू ने अंग्रेजी में कहा, 'हाउ आर यू प्रिटी गर्ल?' मिश्री बोली, 'आई एम फाइन बट, तुम तो बाबा के लिए भी नहीं रुक रहे।'

मिश्री को यह शब्द सुनकर हँसी भी आई और यह शब्द उतने ही चुभन भरे भी थे। बोली, 'तू पंडितन को छोरा, विदेश जाए रहो है, तोकूँ तो अब गिटिर-पिटिर करबे वाली फिरंगन ही पसंद आएगी।'

लड्डू ने बड़े ही दार्शनिक अंदाज में कहा, 'अरे पगली, प्रेम और विवाह दो अलग-अलग चीज हैं, प्रेम तो निस्स्वार्थ भावना है और विवाह एक समझौता।'

लड्डू ने यह बात एक दिन राधा-कृष्ण के रिश्तों को लेकर बाबा के मुँह से किसी को बताते हुए सुनी थी। लड्डू फिर अपने अंदाज में बोला, 'मैं तो चाहता हूँ, हमाए किस्से विदेश जाने के बाद पूरे वृंदावन और दुनिया में सुने सुनाए जाएँ।'

मिश्री की आँखें छलछला आईं, लड्डू बोला, 'अरे, मैं कोई जिंदगी भर के लिए थोड़े जा रहा हूँ।'

मिश्री बोली, 'नहीं, यह तो खुशी के आँसू हैं और हाँ, मैं तुझे विदाई देने नहीं आऊँगी।'

लड्डू बोला, 'क्यों?' मिश्री ने जवाब दिया, 'बस कुछ काम है।'

'हाँ, एक प्रॉमिस करो, बाबा का खयाल रखोगी।' अब आँसू लड्डू की आँखों में थे, 'तुम्हारे भरोसे छोड़कर जा रहा हूँ।'

'हाँ-हाँ, जब तक तू लौट न आएगा, मैं बृजभूमि, मंदिर और बाबा को न छोड़ूँगी।'

बचपन के बाद शायद पहली बार मिश्री ने लड्डू को गले लगाकर भरोसा दिलाया कि 'मैं जरूर उनका खयाल रखूँगी।'

तभी मंदिर से शाम की आरती की घंटी बजने लगी और कुछ ही देर में अजान भी सुनाई देने लगी। लड्डू ने 'राधे-राधे' बोला तो मिश्री ने भी अपने अंदाज में 'जयश्री कृष्णा' कहने में देर नहीं लगाई। दोनों अपनी-अपनी राह पर लौट गए।

तभी मंदिर से शाम की आरती की घंटी बजने लगी और कुछ ही देर में अजान भी सुनाई देने लगी। लड्डू ने 'राधे-राधे' बोला तो मिश्री ने भी अपने अंदाज में 'जयश्री कृष्णा' कहने में देर नहीं लगाई। दोनों अपनी-अपनी राह पर लौट गए।

अगले दिन बाबा ने अनमने ढंग से 'खूब तरक्की करो' का आशीर्वाद दे वासु के परिवार को विदा किया। लड्डू बाबा के गले लगकर खूब रोया और बाबा को मोबाइल फोन पर बात करते रहने की हिदायत दी। लड्डू को पता था मिश्री नहीं आएगी, लेकिन बार-बार माँ और पिता से कहता रहा, 'अरे, मिश्री नहीं आई!'

वासु उसे कहता, 'अरे, दिल्ली से फ्लाइट पकड़नी है, इंटरनेशनल फ्लाइट में दो घंटे पहले पहुँचना होता है, अब चलो भी, फोन पर बात कर लेना।'

इधर वासु के परिवार समेत जाते ही अगले दिन बिल्डर बाबा के

पास आ धमकता है और मंदिर से सटे मकान को खरीदने और तोड़कर शॉपिंग कॉम्प्लेक्स बनाने की जानकारी देता है। वासु लंदन में मकान का सौदा करके आया कि वृंदावन का मकान बिकते ही उसका पूरा भुगतान कर देगा। बाबा मंदिर और उसके परिसर में बने एक कमरे में जिंदगी पार करने लगे। सुबह-शाम ठाकुरजी पूजा अर्चना और जो भक्तों ने दे दिया खा लिया। अपने वादे पर पक्की मिश्री बाबा को हाल-चाल जानने आती और हर बार ठाकुर से अर्जी लगाती कि 'लड्डू बाबा को लौटा दें।'

इधर मिश्री के ब्याह के लिए बिरादरी में लड़के की तलाश शुरू हो जाती है, लेकिन खुद को पढ़ने देने की बात कह मिश्री किसी भी प्रस्ताव को ठुकरा देती। मिश्री जितना समय लड्डू और उसकी बातों को देती थी, अब पूरा समय पढ़ाई में लगा दिया।

इधर मिश्री के ब्याह के लिए बिरादरी में लड़के की तलाश शुरू हो जाती है, लेकिन खुद को पढ़ने देने की बात कह मिश्री किसी भी प्रस्ताव को ठुकरा देती। मिश्री जितना समय लड्डू और उसकी बातों को देती थी, अब पूरा समय पढ़ाई में लगा दिया। उसने भी तय कर लिया कि अब उसकी जिंदगी का मकसद आई.ए.एस. बनना है। बेटी पढ़ाने को लेकर माँ तो उसके समर्थन में थी। बाद में पिता को भी लगा, अफसर बिटिया पूरे वृंदावन का नाम रोशन करेगी। मिश्री पूरे दिन पढ़ाई करती और समय मिलता तो पेंटिंग बनाने के अपने शोक को पूरा करती। लड्डू जिस दिन गया था, उसके बाद से मिश्री ने एक कोरा कैनवास लिया और उस पर लगातार एक आकृति उकेरने में जुटी रहती। अपने कमरे में घंटों पढ़ती और समय निकालकर कैनवास पर कुछ आकृति उकेरती और मिटाती, फिर उसमें रंग भरती। मिश्री ने बचपन से ठाकुर को जिस स्वरूप में देखा और जाना था, उसे कैनवास में उतारने की कोशिश करती। उसने

पेंटिंग पूरी जरूर कर ली, लेकिन कभी किसी को दिखाया नहीं। मिश्री को शायद डर था कि उसने ठाकुर का जो चित्र उकेरा है, उसे कोई स्वीकार भी करेगा कि नहीं। माँ ने कई बार कोशिश की कि 'अरे, मुझे तो दिखा दे!' लेकिन उसने मना कर दिया।

मिश्री ने अपने बनाए चित्र को फोल्ड किया और उसे सबसे पहले बाबा को दिखाने के लिए जा पहुँची, बाबा व्यस्त थे। इसलिए उन्होंने उसे एक कोने में रख देने और फुरसत होने पर देखने की बात कही। मिश्री को भी कुछ काम था, इसलिए उसने उसे वहीं छोड़ दिया और लौट गई। बाबा ने भी बहुत ध्यान नहीं दिया और चित्र को मंदिर के अंदर बिना देखे सँभालकर रख दिया।

मिश्री ने अपने बनाए चित्र को फोल्ड किया और उसे सबसे पहले बाबा को दिखाने के लिए जा पहुँची, बाबा व्यस्त थे। इसलिए उन्होंने उसे एक कोने में रख देने और फुरसत होने पर देखने की बात कही।

~❖~

मिश्री और लड्डू को अलग हुए करीब आठ साल होने को आए। लंदन जाने के बाद कुछ सालों तक लड्डू और वासु के फोन लगातार देवकी बाबा के लिए आते रहे, लेकिन समय के साथ पिता-पुत्र अपनी जिदंगी में इतना व्यस्त रहने लगे कि महीने में एक-दो बार ही फोन करके हाल-चाल ले लेते। लड्डू का भी फोन मिश्री के पास आता तो उसकी उत्सुकता बाबा समेत पूरे वृंदावन वालों के हाल जानने की अधिक रहती।

लड्डू के जाने के बाद से मिश्री का जीवन भी पूरी तरह बदल गया था। अपनी पढ़ाई को लेकर इतनी सजग हो गई थी कि लड्डू का फोन आता भी तो हाँ-ना में जवाब देकर संक्षिप्त बात करती। कभी-कभी तो

'फिर बाद में बात करेंगे', कहकर फोन काट देती। उसका बाबा के पास मंदिर भी जाना कम हो गया था। मिश्री फोन पर जब-तब अपनी नाराजगी का अहसास कराते हुए फोन पर कहती कि बाबा अकेले पड़ गए हैं, लेकिन लड्डू की दुनिया तो बदल चुकी थी अपने पिता की तरह उसके भी सपने बड़े थे, जिन्हें पूरा करने में पिता-पुत्र सब कुछ भूल गए थे। मिश्री हर बार यह जरूर पूछती की 'तू ठीक तो है ?' और लड्डू कहता, 'अरे, मोए का होगो!'

एक दिन अचानक वासु का फोन बाबा के पास आता है। माधव का ब्याह तय कर दिया है। एक बार तो बाबा 'माधव' सुनकर चुप रह गए। वासु ने कहा, 'अरे, लड्डू की शादी तय कर दी है, लड़की यहीं विदेश में लड्डू के साथ काम करती है, अब उसकी इच्छा है और देवयानी भी तैयार है।'

एक दिन अचानक वासु का फोन बाबा के पास आता है। माधव का ब्याह तय कर दिया है। एक बार तो बाबा 'माधव' सुनकर चुप रह गए। वासु ने कहा, 'अरे, लड्डू की शादी तय कर दी है, लड़की यहीं विदेश में लड्डू के साथ काम करती है, अब उसकी इच्छा है और देवयानी भी तैयार है।'

बाबा ने कहा, 'अब जब तुम दोनों की इच्छा है तो ठीक ही होगा।'

वासु ने बताया कि लड़की लड्डू से उम्र में कुछ बड़ी है। 'चलो, जैसी इच्छा ठाकुरजी की। आपको आना है, हम टिकट कराकर भेज देंगे।' बाबा कुछ कहते इससे पहले वासु बोला, 'बाबा, फिर बात करेंगे!'

बाबा लड्डू के ब्याह को लेकर रिश्तेदारी में कई परिवारों को भरोसा दिला चुके थे, लेकिन उन्होंने भी फैसला लड्डू पर ही छोड़ दिया था। बाबा को लगा, अब क्या कहेंगे उन लोगों को, जो विलायती बहू को लेकर तरह-तरह की बातें बनाएँगे और ताने मारेंगे।

'अरे, वाके तो लच्छन ही ऐसे थे और वाको बाप भी कौन सो कम हतो, बचपन से फिरंगी बनबे और विदेश भागने के चक्कर में हतो।' ऐसे ही संवाद बाबा के कानों में गूँजने लगे।

~❖~

काफी समय पहले लंदन से करीब आधा दर्जन लोगों का एक दल वृंदावन आया था। उन्हीं के साथ 25 साल की लुईसा भी आई थी। दल के अन्य सदस्य लौट गए, लेकिन उसने बृजभूमि में रहने की ठान ली। वृंदावन के रंग में रँगकर हाथ में माला-झोली और माथे पर लंबा तिलक लगाकर मंदिर-मंदिर घूमती और लगभग सभी बड़े धार्मिक आयोजनों में दिखाई देती। एक दिन अचानक बाबा के पास मंदिर पहुँच जाती है। बाबा मंदिर के बाहर बैठे थे। उनसे बोली, 'राधे-राधे!'

काफी समय पहले लंदन से करीब आधा दर्जन लोगों का एक दल वृंदावन आया था। उन्हीं के साथ 25 साल की लुईसा भी आई थी। दल के अन्य सदस्य लौट गए, लेकिन उसने बृजभूमि में रहने की ठान ली। वृंदावन के रंग में रँगकर हाथ में माला-झोली और माथे पर लंबा तिलक लगाकर मंदिर-मंदिर घूमती और लगभग सभी बड़े धार्मिक आयोजनों में दिखाई देती।

बाबा ने सिर उठाकर देखा, 'जयश्री राधे' के साथ उनके चेहरे पर एक निश्चिंतता का भाव और चमक दिखी। सूती साड़ी, गले में कंठी और माथे पर टीका।

अब बाबा के पास उन तानों और सवालों का तोड़ था, जो एक विलायती लड़की को लेकर उन्हें सुनाए जानते थे।

विदेशी लड़की को लेकर बाबा के मन-मस्तिष्क में अब लड्डू की बहू की छवि कुछ ऐसी उभरी। 'अरे, बड़ी संस्कारी होती हैं विदेशी लड़कियाँ भी।' बाबा ने वहाँ मौजूद लोगों से कहा।

'अब देखो इसे, अरे, क्या नाम है ?'

'बाबा, लुईसा।'

'हाँ-हाँ, वही। अरे बेटी, हमें तो लाली समझ में आता है।'

लुईसा ने बाबा को बताया कि बचपन से ही उसे सपने में वृंदावन, जैसी पतली-पतली गलियाँ दिखती थीं, मंदिर, घंटे और शंख की आवाजें अकसर उसकी नींद उड़ा देती थीं। कोई अदृश्य शक्ति उसे अपनी ओर खींचती थी।

'तो आप ला···आ···ली बुलाआ सकते हैं, बाबाजी।'

लुईसा को भी बाबा से अपनापन मिला और अकसर उनसे मिलने मंदिर पहुँच जाती थी और राधा-कृष्ण से जुड़ी कहानी-किस्से सुनती। राधा नाम जपने के साथ उसे कृष्ण से अधिक राधा की भक्ति पसंद थी। बाबा से कहती, 'राधा तो मेरी डियरेस्ट फ्रेंड हैं।'

बाबा हँस देते और कहते, 'भई, वाह! गोपियाँ कन्हैया के पीछे भागती हैं और तूने किशोरी को सहेली बना लिया।'

लुईसा ने बाबा को बताया कि बचपन से ही उसे सपने में वृंदावन, जैसी पतली-पतली गलियाँ दिखती थीं, मंदिर, घंटे और शंख की आवाजें अकसर उसकी नींद उड़ा देती थीं। कोई अदृश्य शक्ति उसे अपनी ओर खींचती थी। मैंने उन सब कड़ियों को जोड़ना और सर्च करना शुरू किया तो अचानक एक दिन लंदन के इस्कॉन मंदिर में राधा-कृष्ण की एक सुंदर छवि मेरी आँखों के सामने आ गई। मैंने लंदन में भारतीय परिवारों

से संपर्क कर वृंदावन से जुड़ी जानकारी जुटाई। ऐसा लगता कि फोटो में झूले में बैठी राधाजी मुझे इशारा कर बुला रही हों कि 'बस तू आ जा।' परिवार ने बहुत समझाने की कोशिश की, 'लेकिन मेरी जिद्द मुझे यहाँ खींच लाई। मुझे इंडिया आ रहे लोगों के एक दल के साथ भेज दिया गया और मैं हो गई अपनी किशोरीजी की।'

'बाबा, अब तो बस सबकुछ यहीं है, मैं तो अब भारत की नागरिकता भी चाहती हूँ, ताकि कभी वृंदावन न छूटे।'

बाबा को भी कोई एक सहारा मिल गया, जो उनकी सुने और अपनी सुनाए। जब मिश्री कई-कई दिनों तक नहीं आती तो उसकी कमी लाली, यानी लुईसा पूरी करती। बाबा की दुनिया सिमटकर ठाकुरजी और किशोरी जू तक रह गई थी, इसलिए इन दोनों के पहुँचने पर बाबा कुछ हँसते और चैतन्य दिखते।

बाबा को भी कोई एक सहारा मिल गया, जो उनकी सुने और अपनी सुनाए। जब मिश्री कई-कई दिनों तक नहीं आती तो उसकी कमी लाली, यानी लुईसा पूरी करती। बाबा की दुनिया सिमटकर ठाकुरजी और किशोरी जू तक रह गई थी, इसलिए इन दोनों के पहुँचने पर बाबा कुछ हँसते और चैतन्य दिखते।

लुईसा कभी-कभी बाबा से बृज की बोली में कहे जानेवाले शब्दों को भी पूछती और कभी उन्हें अपनी ओर से बोलकर भी दिखाती।

बाबा ने कुछ लोगों को बुलाया और वृंदावन में फिर एक ब्रेकिंग न्यूज फैल गई। मिश्री को भी संदेशा मिला कि बाबा ने बुलाया है। मिश्री समय निकालकर मंदिर पहुँची तो बाबा ने लड्डू के ब्याह की जानकारी दी और बोले, 'वैसे विदेशी लड़कियाँ भी संस्कार वाली होती हैं।'

'हाँ बाबा, क्यों नहीं, लड़कियाँ तो चाहे देस की हों या बिदेस की, संस्कार वाली ही होती हैं।' मिश्री बाबा का हाल-चाल और अपनी पढ़ाई की जानकारी दे रही थी, तभी उसका फोन बजा। देखा तो लड्डू की कॉल थी, 'बाबा, लड्डू'', हाँ बताओ लड्डू, बाबा के पास आई हूँ। बिल्कुल ठीक हैं, इस बार कई दिनों के बाद आ पाई हूँ।'

'हाँ बाबा, क्यों नहीं, लड़कियाँ तो चाहे देस की हों या बिदेस की, संस्कार वाली ही होती हैं।' मिश्री बाबा का हाल-चाल और अपनी पढ़ाई की जानकारी दे रही थी, तभी उसका फोन बजा। देखा तो लड्डू की कॉल थी, 'बाबा, लड्डू'', हाँ बताओ लड्डू, बाबा के पास आई हूँ। बिल्कुल ठीक हैं, इस बार कई दिनों के बाद आ पाई हूँ।'

उधर से लड्डू बोला, 'अरे, हमारो ब्याह है रो है।'

मिश्री कुछ रुककर, 'हाँ-हाँ, पता है, बाबा ने बताया।'

'हमाए ब्याह में नहीं आओगी ?'

'नहीं, बहुत पढ़ाई है और परीक्षाओं की तैयारी करनी है।'

'देओं-देओ, फोन बाबा को दो!' लड्डू ने मिश्री से कहा।

मिश्री ने बाबा को फोन दे दिया। लड्डू बोला, 'बाबा, तुम मिश्री के साथ काए नहीं आ जाते ?' बाबा को भी यह प्रस्ताव अच्छा लगा, 'हाँ, जे तुमने ठीक कही, लड्डू। अरे, जा लड़की ते तैरो ब्याह है रोए, वह पूजा-पाठ तो करे कि नाए ?'

लड्डू उधर से जोर से हँसा, 'हाँ-हाँ, देख लेओ आकर।'

बाबा कुछ गंभीर हो गए और बोले, 'बेटा, जे ब्याह विदेश में कैसे होगा ? मेरा मतलब है कि अपने रीति-रिवाज से ही तो कर रहा होगा!'

'नहीं बाबा, रजिस्टर्ड शादी होती है यहाँ।'

'न बेटा, तो मैं न आ रहा, अगर तू मंडप लगाकर अग्नि के सात फेरे न लेगा तो मुझे यहीं रहन दे।'

अब लड्डू गंभीर हो गया, 'नहीं बाबा, तुम जैसा कहो, वैसा होगा, लेकिन मेरो बाबा अबकी बार जरूर लंदन आओगे।'

लड्डू ने कहा, 'बाबा, अब फेरे डारिबो को पंडित भी तुमे लानो होगो!'

अब लड्डू गंभीर हो गया, 'नहीं बाबा, तुम जैसा कहो, वैसा होगा, लेकिन मेरो बाबा अबकी बार जरूर लंदन आओगे।' लड्डू ने कहा, 'बाबा, अब फेरे डारिबो को पंडित भी तुमे लानो होगो!' अरे, वह अपनो सुक्खू है न।'

अरे, वह अपनो सुक्खू है न।'

'कौन सुक्खू?'

'अरे बाबा, हमाओ दोस्त।'

'वह ब्याह करा लेगा।'

'हाँ-हाँ, बाबा, अब जेई काम करे वह।'

बाबा ने फोन एक बार फिर मिश्री के हाथ में दे दिया।

'देख, बाबा से बात हो गई है, उन्हें अकेले आने में दिक्कत होगी, तू पढ़ी-लिखी, समझदार है, साथ रहेगी।'

मिश्री बोली, 'अरे, तेरा पंडित तो साथ आ रहा है।'

'तू आ रही है, बस! मैंने कह दिया, तुम्हें आना है तो बस, आना है।'

'तुम तीनन के टिकट भेज देंगे।' मिश्री लड्डू का यह अंदाज बचपन से देखती आ रही थी, अतः ना नहीं कर सकी।

लड्डू के ब्याह की तारीख तय होने के साथ ही लंदन की टिकट भी आ गई। सभी टिकट मिश्री के पास मेल से आ गए। मिश्री भी बाबा

के साथ लंदन जाने की जानकारी घरवालों को दे चुकी थी। मिश्री के परिवार को भी लगा–चलो, इसी बहाने बिटिया विदेश घूम आएगी। मिश्री ने न सिर्फ अपनी तैयारी की, बल्कि लड्डू की होनेवाली पत्नी के लिए सुहाग के सामान के साथ उसकी माँ की ओर से तैयार किया लहँगा भी लेकर गई।

❖

बाबा, मिश्री और पंडित सुक्खू के साथ लंदन पहुँच जाते हैं। तीनों को एयरपोर्ट लेने लड्डू खुद ड्राइव करके पहुँचा था। दस साल बाद तीनों ने लड्डू को देखा था। तीनों के लिए लड्डू के अलग-अलग मायने थे। उनके सामने एक हट्टा-कट्टा गबरू जवान खड़ा, जिसे पहचानने में तीनों को देर नहीं लगी।

बाबा, मिश्री और पंडित सुक्खू के साथ लंदन पहुँच जाते हैं। तीनों को एयरपोर्ट लेने लड्डू खुद ड्राइव करके पहुँचा था। दस साल बाद तीनों ने लड्डू को देखा था। तीनों के लिए लड्डू के अलग-अलग मायने थे। उनके सामने एक हट्टा-कट्टा गबरू जवान खड़ा, जिसे पहचानने में तीनों को देर नहीं लगी। एयरपोर्ट से घर तक बाबा और सुक्खू तमाम सवाल जवाब करते रहे, जबकि पीछे बाबा के साथ बैठी मिश्री चुपचाप सबकी सुनती रही। उसकी निगाह कार के ड्राइवर सीट पर लगे शीशे पर लगी थी, जिस पर लड्डू बार-बार पीछे बैठी मिश्री को देखता और नजरें झुका लेता। बाबा अपने खानदान के चशमो चिराग को देखकर आनंदित हो रहे थे और सुक्खू पंडित धीरे से बार-बार यही कहता, 'अबे, दाँव तो ठीक चला तैने।'

करीब एक घंटे की ड्राइव कर सब घर पहुँचते हैं। लड्डू ने अपने पिता के आलीशान मकान में ही तीनों के रहने की व्यवस्था की थी।

मकान देखकर बाबा के चेहरे पर चमक आ गई और वे अपने उस दर्द को भुला बैठे कि पुस्तैनी मकान को बेचकर यह खरीदा गया था।

बेटे-बहू ने बाबा के पैर छुए। देवयानी ने मिश्री से कुलसुम और परिवार के अन्य सदस्यों का कुशलक्षेम पूछा। मिश्री को एक कमरा दे दिया गया। बाबा और सुक्खू दूसरे कमरे में चले गए। लड्डू मिश्री को उसका कमरा दिखाने ले गया, जहाँ लड्डू के बचपन से लेकर अब तक की तसवीरें दीवार पर लगी थीं। मिश्री के सामने जैसे चौबीस साल एक साथ सामने खड़े हो गए। इसमें आठ साल के दौरान की तसवीरें उसने नहीं देखी थीं, जो लंदन में उसके स्कूल कॉलेज और ऑफिस की थीं।

बेटे-बहू ने बाबा के पैर छुए। देवयानी ने मिश्री से कुलसुम और परिवार के अन्य सदस्यों का कुशलक्षेम पूछा। मिश्री को एक कमरा दे दिया गया। बाबा और सुक्खू दूसरे कमरे में चले गए। लड्डू मिश्री को उसका कमरा दिखाने ले गया, जहाँ लड्डू के बचपन से लेकर अब तक की तसवीरें दीवार पर लगी थीं।

लंदन के माधव गोस्वामी को लड़कियों के बीच खड़ा देखकर मिश्री के चेहरे पर शरारती हँसी आ गई। बोली, 'यहाँ भी मेरे साँवरे की बँसी बज रही है।'

लड्डू झेंप गया, 'सॉरी बट, आई एम नॉट रिस्पॉन्सबल।'

'अच्छा बच्चू, हमें सब पतो है।'

लड्डू अब पहले की तरह मिश्री से खुलने लगा। दीवार पर लगी फोटो में एक अंग्रेज लड़की की ओर उँगली कर लड्डू ने बताया कि 'यह होनेवाली पत्नी रेनी है। और इस बार उसने नहीं, बल्कि रेनी ने उसे प्रेमपत्र लिखा था, जिस पर वह पसीजा है।' फिर बात पलटते हुए

बोला, 'रास्ते में कोई दिक्कत तो नहीं हुई?' मिश्री जवाब देती, इसी बीच देवयानी ने लड्डू को आवाज दे दी, 'आया माँ! तुम आराम करो, मैं अभी आता हूँ।'

दो दिन बाद शादी थी और वासु का घर इतना बड़ा था कि विवाह वहीं से होना था। फूलों की सजावट और भारतीय खान-पान की बेहतर व्यवस्था की गई थी। सालों पहले भारत से आकर बसे भारतीय हलवाई को इसकी जिम्मेदारी दी गई थी।

दो दिन बाद शादी थी और वासु का घर इतना बड़ा था कि विवाह वहीं से होना था। फूलों की सजावट और भारतीय खान-पान की बेहतर व्यवस्था की गई थी। सालों पहले भारत से आकर बसे भारतीय हलवाई को इसकी जिम्मेदारी दी गई थी।

मिश्री और देवयानी भी शादी की तैयारियों में जुटी थीं। देवयानी उसे अपने साथ भारतीय सामान बेचनेवालों की दुकान ले गई। अरे, लगता ही नहीं हम भारत में नहीं हैं, सब कुछ तो मिलता है यहाँ। देवयानी कहती है, हाँ सबकुछ तो मिलता है, बस अपने लोग नहीं। यह वही देवयानी थी, जिसे एक समय वृंदावन में अपना और लड्डू का भविष्य खराब होता दिख रहा था। देवयानी मिश्री को वहाँ के बाजार, पहनावे आदि दिखाती रही, लेकिन शायद पहली बार देवयानी के मुँह से सच निकला, अपना देश तो अपना ही है। मिश्री उसकी ओर ध्यान से देखती है और मुसकराकर उसकी बात पर हामी भर देती है।

शादी के दिन सुबह से ही वासु के घर स्पीकर पर बिस्मिलाह खाँ की शहनाई बज रही थी, जिससे वातावरण शादी-ब्याह के घर जैसा लग रहा था। पूरे वातावरण में वृंदावन की गलियों से उठनेवाली देसी घी

के पकवानों सी खुशबू सुदूर लंदन में भी उसी तरह अपनी मिठास और अपनापन घोल रही थी।

शादी दिन में ही होनी थी और लड़की वाले भी गिनती के आधा दर्जन आने थे, जिन्हें बस वहाँ आकर मंडप में बैठ जाना था। सारी तैयारी वासु को ही करनी थी। लड़कीवालों को तो विवाह संस्कार में शामिल भर होना था।

लंदन से भी कुछ भारतीय परिवार पहुँचे थे। लड्डू के फिरंगी ससुराल वाले भी भारतीय परंपरागत परिधान में पहुँचे थे। लड्डू की हिदायत पर सभी कुरता-पायजामा और कंधे पर रंगीन पटका डाले हुए थे।

अपनी विलायती पत्नी को लेकर उत्साहित वृंदावन के लड्डू उर्फ माधव गोस्वामी इस बात से काफी खुश थे कि उसके ब्याह में बाबा और मिश्री दोनों मौजूद हैं। शादी की तैयारियाँ चल रही थीं। सुक्खू पंडित ने विवाह में इस्तेमाल होनेवाला साजो-सामान जुटाया। कुछ ही देर में नवदंपती विवाह मंडप में आने ही वाले थे। बाबा और मिश्री पहुँच गए थे और तैयारियों में पंडितजी की मदद कर रहे थे। वासु अपनी कंपनी के भारतीय और विदेशी दोस्तों, मेहमानों की आवभगत में व्यस्त था।

शादी दिन में ही होनी थी और लड़की वाले भी गिनती के आधा दर्जन आने थे, जिन्हें बस वहाँ आकर मंडप में बैठ जाना था। सारी तैयारी वासु को ही करनी थी। लड़कीवालों को तो विवाह संस्कार में शामिल भर होना था।

लड्डू अपनी होनेवाली पत्नी रेमी के हाथ में हाथ डाले मंडप स्थल पर पहुँचता है। आज फिर लड्डू ने बाबा के कहने पर उनकी पसंदीदा अपनी देसी पोशाक पहन रखी थी और रेनी भी भारतीय परंपरा

के अनुसार साड़ी, लाल चुनरी, चूड़ी, बिंदी आदि लगाए थी, जिसे खुद देवयानी ने तैयार किया था। देवयानी ने मिश्री से आते ही पूछा, 'कैसी लग रही है तुमाए लड्डू की बहू।' मिश्री कुछ सकुचाई हँसकर चिढ़ाते हुए बोली, 'लड्डू से भी अच्छी लग रही है।'

पंडितजी लंदन के समय और भारतीय समय का मिलान करते हुए विवाह के मुहूर्त पर जोर देते हैं। वैदिक मंत्रोच्चार के साथ विवाह की प्रक्रिया शुरू होती है। कुछ देर बाद पंडितजी मंडप के सात फेरे लेने के लिए नवदंपती को उठने को कहते हैं। लड्डू और रेनी जैसे ही पहला फेरा लेते हुए मिश्री के बगल से गुजरते हैं, मिश्री की आँख से मोती सा एक मोटा आँसू टपक जाता है। पंडित की निगाह मिश्री पर पड़ती है, अनजान बन कहता है, 'लगता है हवन का धुआँ लग रहा है।' मिश्री अचानक कुछ सोचने लगती है और खुली हुई आँखों में ही अपने वृंदावन के श्रृंगार बट की बुर्जियों के पास पहुँच जाती है।

पंडितजी लंदन के समय और भारतीय समय का मिलान करते हुए विवाह के मुहूर्त पर जोर देते हैं। वैदिक मंत्रोच्चार के साथ विवाह की प्रक्रिया शुरू होती है। कुछ देर बाद पंडितजी मंडप के सात फेरे लेने के लिए नवदंपती को उठने को कहते हैं।

~❖~

शाम ढलने को थी, दस साल का लड्डू और करीब चौदह की मिश्री बुर्जियों के पास बैठे हैं। पास में एक दीया टिमटिमा रहा है। कुछ देर पहले दोनों किसी बात पर झगड़ पड़े थे। लड्डू मुँह फुलाए था। मिश्री बोली हमसे झगड़ा भी करना है और साथ भी नहीं छोड़ना। लड्डू ने तुनककर कहा—'हूँ।' मिश्री बोली, 'तुमे हम इत्ते प्यारे लगते हैं, काए नहीं हमसे ब्याह कर लेते।'

लड्डू बिना सोचे-समझे उठा और बोला, 'अभी लो,' और टिमटिमाता दीया उठाकर अपने पास रख लेता है।

मिश्री की चुनरी से लड्डू अपनी कमर में बँधे पटके को बाँध लेता है। खेल-खेल में दोनों उस दीया का चक्कर लगाने लगते हैं। वहीं पास में खेल रहा लड्डू का बालसखा सुक्खू, जो चौड़ी चोटीधारण करनेवाले पंडित परिवार से था, यों ही कुछ मंत्र भी बुदबुदाने लगा' सुक्खू कहता है 'तुम लोगन को पतो है, एक दिन ऐसे ही कन्हैया ने यमुना मईया से ब्याह कर लियो हतो।' मिश्री से कहा, 'तुम बनो यमुना मैया और लड्डू बनेगो कन्हैया।' खेल-खेल में कुछ फेरे भी हो जाते हैं।

'सुक्खू कहता है, लड्डू लो है गई शादी, निकारो दक्षिणा, लड्डू वेड्स मिश्री।'

इस पर लड्डू कहता है, 'मिश्री बड़ी है वाको नाम पहले ले, मिश्री वेड्स लड्डू।'

फिर लड़ाई-लड़ाई माफ कहते हुए तीनों ठहाके मारकर हँसते हैं। मिश्री लड्डू के ऐसा कहने पर उसे गले लगा लेती है और कहती है, 'अरे, तू तो मेरी आत्मा है और कोई आत्मा से झगड़ा या ब्याह कैसे कर सकता है?'

फिर लड़ाई-लड़ाई माफ कहते हुए तीनों ठहाके मारकर हँसते हैं। मिश्री लड्डू के ऐसा कहने पर उसे गले लगा लेती है और कहती है, 'अरे, तू तो मेरी आत्मा है और कोई आत्मा से झगड़ा या ब्याह कैसे कर सकता है?'

लड्डू बोला, 'तुमने ही तो कही थी, यही तो हम भी कह रहे हैं, हममें और तुममें कोई भेद थोड़े है।'

'नहीं लड्डू, हमाई तुमाई शादी नाए हो सकती। हमाई-तुमाई दोस्ती की मजबूती और खूबसूरती तुमाओ प्रेम है बस।'

मिश्री पुराने पलों को सोच ही रही थी कि तभी उसके कानों में

सुक्खू की आवाज पड़ी, सातवाँ फेरा पूरा हो गया। देवयानी ने फूलों की डलिया मिश्री की ओर बढ़ाई तो उसने फूल की कुछ पँखुड़ियाँ उठाकर वर-वधू पर उछालीं। बाबा बोले, 'अरे वासु, सुक्खू को विवाह कराने की दक्षिणा तो दे।' सुक्खू बोला, 'अरे नहीं बाबा, घर की बात है।'

लड्डू बोला, 'हाँ बाबा, अब मेरा दोस्त सुक्खू वृंदावन के बाद विदेश में भी शादी कराने लगा है, दक्षिणा भी पाउंड में लेगा।'

मिश्री तो इस बात से खुश थी कि उसका लड्डू खुश है।

लड्डू ने अपनी पत्नी को मिश्री से मिलवाया, 'मीट माई बेस्ट फ्रेंड शिरीन।'

लड्डू बोला, 'हाँ बाबा, अब मेरा दोस्त सुक्खू वृंदावन के बाद विदेश में भी शादी कराने लगा है, दक्षिणा भी पाउंड में लेगा।'

मिश्री तो इस बात से खुश थी कि उसका लड्डू खुश है।

लड्डू ने अपनी पत्नी को मिश्री से मिलवाया, 'मीट माई बेस्ट फ्रेंड शिरीन।'

मिश्री हँसकर बोली, 'ही इज लड्डू एंड आई एम मिश्री।'

रेमी पूछती है, 'लड्डू!'

'इट्स एस माई निक नेम लड्डू।'

रेनी कहती है, 'माधव यू आर राइट, शी इज वेरी ब्यूटीफुल।'

रेमी इंग्लिश में मिश्री से पूछती है, 'मैं शिरीन कहूँ या मिश्री, वाट एवर यू फील लाइक।' मिश्री बोली, 'बोथ मीन स्वीटनेस, मतलब चाहे शिरीन कहो या मिश्री, दोनों का मतलब है मिठास।'

अब बारी मिश्री की थी, 'एंड वाट्स रेमी ?'

तो लड्डू समझाने लगता है, 'पापुलर, फेमस यानी प्रसिद्ध,' उसी अंदाज में लड्डू की बात काटते मिश्री ने जवाब दिया।

लड्डू बोला, 'वाह, तुमने तो गजब कर दो, मैडम, फर्राटे से अंग्रेजी बोलन लगीं।'

'यस माई डियर लड्डू।'

फिर अचानक गंभीर स्वर में बोली, 'हमारी और बाबा की वापसी की टिकट कब की है?'

'कुछ दिन रुकोगी नहीं?' लड्डू बोला।

इस बीच लड्डू की पत्नी 'एस्क्यूज मी' कहकर दूसरी ओर से मेहमानों के पास चली गई।

मिश्री बोली, 'अब यहाँ रुककर क्या करेंगे, इत्ते बरस बाद तुम्हें देख लिया। और तुम्हारी रेमी से भी मिल लिये।'

'मेरी याद आती है वृंदावन को?' दरअसल लड्डू का आशय मिश्री से यह प्रश्न पूछना था।

मिश्री तपाक से बोली, 'तुम वृंदावन के लोगन की जिंदगी से मन से प्रेम की स्मृतियाँ थोड़े ले आए हो, तुम भूल गए हो, वृंदावन ने सारी यादें सँभालकर रखी हैं।'

'मेरी याद आती है वृंदावन को?' दरअसल लड्डू का आशय मिश्री से यह प्रश्न पूछना था।

मिश्री तपाक से बोली, 'तुम वृंदावन के लोगन की जिंदगी से मन से प्रेम की स्मृतियाँ थोड़े ले आए हो, तुम भूल गए हो, वृंदावन ने सारी यादें सँभालकर रखी हैं।'

लंदन घूमने के साथ करीब एक सप्ताह बाद बाबा, मिश्री और पंडित वृंदावन लौट आते हैं।

~❖~

बाबा के पिटारे में लंदन से जुड़ी तमाम न्यूज थी, जिसे अपने परिवार और मोहल्ले वालों को सुनाते नहीं थकते। सुक्खू ने अपने पंडिताई वाले बोर्ड में विदेशों में भी शादी कराने का अनुभव शामिल कर दिया और दक्षिणा भी बढ़ा दी। उधर लंदन से लौटने के बाद मिश्री अपने में सिमट गई और उसने पूरा ध्यान अपनी पढ़ाई में लगा दिया। वहाँ से लौटने के बाद लड्डू का फोन तभी यह पूछने के लिए आया था कि सकुशल पहुँच गई, वैसे भी मिश्री अब खुद को पुस्तकों में कैद कर देना चाहती थी।

करीब छह महीने बाद मिश्री का आई.ए.एस. में चयन हो गया। अखबारों के पहले पेज पर मिश्री की फोटो छपी तो वे भी बधाई देने पहुँचे, जो उसे एक दायरे में बाँधकर देखते और भेद करते थे, अब मिश्री उनकी भी बिटिया थी, जिसने वृंदावन का नाम रौशन किया था। मिश्री को गुजरात कॉडर मिला था। मिश्री के चयन की बात पूरे वृंदावन को तो पता थी, लेकिन लंदन में अपनी नई जिंदगी शुरू करनेवाले लड्डू को नहीं।

करीब छह महीने बाद मिश्री का आई.ए.एस. में चयन हो गया। अखबारों के पहले पेज पर मिश्री की फोटो छपी तो वे भी बधाई देने पहुँचे, जो उसे एक दायरे में बाँधकर देखते और भेद करते थे, अब मिश्री उनकी भी बिटिया थी, जिसने वृंदावन का नाम रौशन किया था।

मिश्री ज्वॉइनिंग के पहले बाबा से मिलने पहुँची। बाबा ने पूछा, 'अरे लड्डू को बताया?' मिश्री ने पहले तो कोई उत्तर नहीं दिया, लेकिन दुबारा पूछा तो सिर हिलाकर 'हाँ' बता दिया। पता नहीं, मिश्री वृंदावन से इतना दूर जाने की जानकारी लड्डू को क्यों नहीं देना चाहती थी। उसे लगा कि उसने लड्डू से वृंदावन और बाबा को न छोड़ने का जो वादा किया था, उसे निभा नहीं पाई है।

'बाबा, मैं वृंदावन छोड़कर जा रही हूँ।' मिश्री ने धीरे से कहा।

'अरे तू तो फिर भी अपने देस में है वासु को देखो, लड्डू को देखो कैसे हमेशा के लिए वृंदावन छोड़ दियो।'

मिश्री को खूब तरक्की करो का आशीर्वाद दे बाबा की आँखें भर आईं। 'जा लाली, जब तेरी इच्छा ठाकुर को देखने की होय तो द्वारकाधीश चली जइयो।'

'हाँ बाबा जरूर, देखो गुजरात में कहाँ पोस्टिंग मिलती है।' मिश्री अपने कॅरियर को लेकर उत्साहित थी और वृंदावन तथा परिवार छूटने का दुःख भी।

~❖~

उधर लंदन में एक अनहोनी घटी। लड्डू की शादी के एक साल बाद वासु और देवयानी का एक्सीडेंट हो जाता है। सड़क हादसा इतना भीषण था कि उनकी कार में आग लग जाती है। वासु की घटना स्थल पर ही और देवयानी अस्पताल पहुँचकर दम तोड़ देती है। ऑफिस के लोगों की मदद से दोनों के शव घर पहुँचाए गए। अकेला लड्डू समझ नहीं पा रहा था कि क्या करे। उसने सबसे पहले वृंदावन मिश्री को फोन किया। उसका फोन नॉट रीचेबल था। उसने लगातार कई बार बात करने की कोशिश की, लेकिन कोई रिस्पॉन्स नहीं मिला, फिर उसने

उधर लंदन में एक अनहोनी घटी। लड्डू की शादी के एक साल बाद वासु और देवयानी का एक्सीडेंट हो जाता है। सड़क हादसा इतना भीषण था कि उनकी कार में आग लग जाती है। वासु की घटना स्थल पर ही और देवयानी अस्पताल पहुँचकर दम तोड़ देती है।

न चाहते हुए बाबा के फोन पर रोते हुए कहा, 'सब खत्म हो गया।' बाबा को कुछ समझ में नहीं आ रहा था कि लड्डू कह क्या रहा है। उन्हें बस उधर से उसके रोने की आवाजें सुनाई दे रही थीं। अरे क्या हो गया?' बाबा बार-बार हैलो-हैलो कर उसकी बात समझना चाहते, लेकिन लड्डू की पूरी बात सुन बाबा भी गुमसुम हो गए, बस उनके मुँह से यही निकला 'जे क्या किया ठाकुर?'

फिर आपा खोते हुए बोले, 'कहा था तेरे बाप से कि कभी नहीं लौटेगा विदेश से। कभी नहीं सुनी हमाई, कर ली अपने मन की। छोड़ दिया अकेला…' और वासु को याद कर फूटकर रोने लगे।

लड्डू के सामने समस्या थी कि माता-पिता के शव का अंतिम संस्कार लंदन में करे या फिर उन्हें वृंदावन ले जाए। चूँकि हादसा इतना भयानक था कि शव क्षत-विक्षत थे। ऐसी हालत में लोगों की सलाह पर दोनों का अंतिम संस्कार लंदन में ही कर देता है। बाबा को बताने के लिए अगले दिन लड्डू फिर फोन करता है और लंबी बातचीत में दोनों अपना दुःख साझा करते हैं।

लड्डू के सामने समस्या थी कि माता-पिता के शव का अंतिम संस्कार लंदन में करे या फिर उन्हें वृंदावन ले जाए। चूँकि हादसा इतना भयानक था कि शव क्षत-विक्षत थे। ऐसी हालत में लोगों की सलाह पर दोनों का अंतिम संस्कार लंदन में ही कर देता है।

बाबा कहते हैं, 'बेटा, मैं बूढ़ा तो वृंदावन छोड़कर वहाँ आ नहीं सकता, तू ही आ जा सब छोड़कर, रह लेंगे ठाकुर के आसरे।'

'बाबा मेरी नौकरी है, रेमी है, कैसे आ सकते हैं?'

बाबा काफी देर तक समझाते रहे, फिर दुःखी मन से कहा कि

'अच्छा तो तुम अपना खयाल रखना।' लड्डू भी कहता है 'बाबा परेशान मत होना हम जल्द आएँगे।'

बाबा पर तो जैसे पहाड़ टूट पड़ा। लड्डू भी इस कदर टूटा कि अब उसके फोन रोज बाबा के पास आने लगे। बाबा उसे दिलासा देते और वह बाबा को। बेटे-बहू की मौत के गम में बाबा भी बीमार रहने लगे। लड्डू का फोन आता तो वह जाहिर नहीं होने देते। लड्डू ने इस बीच कई बार मिश्री के फोन बात करनी चाहिए, लेकिन हर बार स्विच ऑफ बताता। दरअसल मिश्री ने वृंदावन का अपना मोबाइल नंबर बंद कर दिया था। वहाँ उसे सरकारी नंबर मिल गया था। ऐसे हालात में लड्डू बाबा को भी ज्यादा परेशान नहीं करना चाहता था, इसलिए पूछा भी नहीं।

एक दिन बाबा भी बहुत बीमार हो गए। मंदिर में ठाकुर की आरती के बाद अचानक अचेत होकर गिर पड़े। इसी बीच लड्डू का फोन आया। अकसर आरती के बाद ही दोनों के बीच बात होती थी। घंटी लगातार बजती रही, फिर अचानक किसी महिला की आवाज कानों में पड़ी। फोन उठाकर बोली, 'बाबा बे··होश हो गए हैं, इन्हें हॉस्पिटल ले जा रहे हैं।'

एक दिन बाबा भी बहुत बीमार हो गए। मंदिर में ठाकुर की आरती के बाद अचानक अचेत होकर गिर पड़े। इसी बीच लड्डू का फोन आया। अकसर आरती के बाद ही दोनों के बीच बात होती थी। घंटी लगातार बजती रही, फिर अचानक किसी महिला की आवाज कानों में पड़ी

'हू इस दिस?' लड्डू ने पूछा।

'आई एम लुईसा।'

'इज ही ओके? ओके, प्लीज टेक केयर ऑफ हिम।' लड्डू को

कुछ नहीं सूझ रहा था कि आखिर उसके साथ यह क्या हो रहा है। लुईसा से इतना ही बोला, 'आई एम कमिंग।' लड्डू तुरंत दिल्ली की फ्लाइट पकड़ता है और वृंदावन पहुँच जाता है।

अस्पताल में वैंटीलेटर पर बाबा को देखकर लड्डू गुमसुम हो जाता है। बाबा को होश आ जाता है और अपने पास लड्डू को बैठा देख उनकी आँख से आँसू की मोटी से बूँद टपकती है।

लड्डू बोला, 'बाबा, मैं आ गयो ना, सब ठीक है जाएगो।'

कुछ दिन में बाबा को अस्पताल से छुट्टी मिल जाती है। बाबा जब ठाकुरजी की सेवा में नहीं होते तो परिवार की दूसरी शाखा के किसी लड़के से कह जाते थे। इस बार भी बाबा के अस्पताल में रहने के दौरान ऐसा ही हुआ। चार दिन बाद लड्डू बाबा को लेकर मंदिर पहुँचता है। बाबा कहते हैं, 'अब हमाओ लड्डू आ गयो है, अब जै पूजा-पाठ कर लेगो।'

कुछ दिन में बाबा को अस्पताल से छुट्टी मिल जाती है। बाबा जब ठाकुरजी की सेवा में नहीं होते तो परिवार की दूसरी शाखा के किसी लड़के से कह जाते थे। इस बार भी बाबा के अस्पताल में रहने के दौरान ऐसा ही हुआ। चार दिन बाद लड्डू बाबा को लेकर मंदिर पहुँचता है।

अस्पताल में इलाज के दौरान लुईसा की मौजूदगी को लेकर बाबा ने कहा, 'देख लाली को, हमें अकेले अस्पताल ले गई और ठीक हो गया।'

लुईसा बोली, 'अरे बाबा, हमने अपनी फ्रेंड किशोरीजी से प्रेयर की थी, मेरे बाबा को ठीक कर दो।'

लुईसा ने बृज भाषा में हँसकर कहा, 'बाबा, लाडलीजी हमाई बात काटती नई हैं।'

लड्डू की उस फोनवाली लड़की से मुलाकात हुई। बाबा ने कहा, 'अब तुम दोनों आपस में एक-दूसरे से बात करो, हमें आराम करने दो।'

लड्डू और लुईसा के बीच बातचीत शुरू होती है। लुईसा लड्डू को भी बताती है कि मैं वृंदावन में जो कुछ देखती हूँ, ऐसी ही गलियाँ, मंदिर और भगवान् उसे बचपन से सपने में दिखते थे। लड्डू लुईसा का धन्यवाद देता है कि उसकी वजह से बाबा आज स्वस्थ हैं।

एक दिन बाबा की सेवा करते हुए लड्डू बाबा से पूछता है, 'मिश्री कहाँ है, दिखाई नहीं देती, आती नहीं है क्या बाबा?' बाबा कहते हैं, 'अरे, तोए ना पतो, वाकी नौकरी लग गई है गुजरात में इस समय कलक्टर है द्वारका की।'

लड्डू ने बाबा को कोई उत्तर नहीं दिया। लड्डू ने खुद को ठगा सा महसूस किया और सोचने लगा कि मिश्री ने कभी भी उससे कोई बात नहीं छुपाई, ऐसा क्यों किया, फिर खुद से बोला, 'शायद अब मिश्री पर कोई अधिकार भी नहीं रहा!' बाबा कुछ स्वस्थ हुए तो लड्डू ने कहा, 'सब काम-काज छोड़कर आए थे, वापस तो जाना ही पड़ेगा।'

लड्डू ने बाबा को कोई उत्तर नहीं दिया। लड्डू ने खुद को ठगा सा महसूस किया और सोचने लगा कि मिश्री ने कभी भी उससे कोई बात नहीं छुपाई, ऐसा क्यों किया, फिर खुद से बोला, 'शायद अब मिश्री पर कोई अधिकार भी नहीं रहा!'

इस बीच लड्डू की पत्नी रेमी का फोन लगातार उसके वापस आने के लिए आ रहा था। उसकी जिद्द थी कि तुम तुरंत लौट आओ, इसे लेकर दोनों के बीच टेलीफोन पर कहासुनी भी हुई। लड्डू बस दो-तीन रुकने की बात कहकर आया था। लड्डू बाबा से लंदन लौटने के लिए

पूछता है। बाबा खामोश हो जाते हैं, फिर कहते हैं, 'अब मैं कुछ दिनों का मेहमान हूँ।'

ऐसा कहकर बाबा की घबराहट फिर बढ़ जाती है। 'तू जाना चाहता है तो जा, लेकिन मेरा अंतिम संस्कार कौन करेगा। तू आ भी पाएगा कि नहीं। रही बात ठाकुरजी की, अब जो इन्हें मंजूर, जिसकी चाहें सेवा लें।'

बाबा की इस बात ने लड्डू को द्रवित कर दिया। लड्डू अचानक बोला, 'बाबा, मैं अब अपने वृंदावन ही बसूँगा। बाबा मैं करूँगा ठाकुर की चाकरी। बाबा हमें एक महीने का समय दो, मैं सबकुछ बेचकर और रेमी को लेकर लौट आऊँगा, बस अपना खयाल रखना।' बाबा को अपने जीने की आस बँध गई।

बाबा की इस बात ने लड्डू को द्रवित कर दिया। लड्डू अचानक बोला, 'बाबा, मैं अब अपने वृंदावन ही बसूँगा। बाबा मैं करूँगा ठाकुर की चाकरी। बाबा हमें एक महीने का समय दो, मैं सबकुछ बेचकर और रेमी को लेकर लौट आऊँगा, बस अपना खयाल रखना।' बाबा को अपने जीने की आस बँध गई। लंबे समय बाद गोस्वामी परिवार की कोई सुखद ब्रेकिंग न्यूज वृंदावन को मिली थी कि लड्डू विदेश से पैकअप करके लौटेगा।

लंदन पहुँचकर लड्डू ने रेमी को अपना फैसला बताया तो वह उखड़ गई है। उसने साफ मना कर दिया कि वह कतई भारत नहीं जाएगी। उसने कहा कि एक इंडियन से शादी इसलिए नहीं की थी कि वह इंडिया में जाकर नरक की जिंदगी जिए। दोनों के बीच फिर जमकर कहासुनी हुई। लड्डू अपने फैसले और बाबा को दिए वचन से बँधा था, इसलिए तलाक देकर अकेले ही लौटने का फैसला कर लिया। रेमी भी

उसे छोड़ देने को तैयार हो गई, लेकिन लड्डू को उसकी बड़ी कीमत चुकानी थी। भारी-भरकम शर्त के साथ कि वह उसे तभी जाने देगी, जब यहाँ की पूरी प्रॉपर्टी उसके नाम ट्रांसफर कर देगा। लड्डू ने एक पल नहीं लगाया और हामी भर दी। लड्डू के पास अब सिर्फ बाबा और ठाकुरजी थे, जिन्हें अब कतई खोना नहीं चाहता था। लड्डू ने तलाक के पेपर पर साइन करने के साथ अपनी पूरी प्रॉपर्टी रेमी के नाम लिख दी। अपनी और वासु-देवयानी की फोटो और कुछ जरूरी यादगार सामान, जो कभी वृंदावन से सहेजकर ले जाया गया था, समेटकर लड्डू ने वापसी कर ली।

❖

इधर बाबा बीमारी की हालात में भी समय पर ठाकुर की पूजा-अर्चना करते और लड्डू के लौटाने का इंतजार करते। बाबा को इस हाल में देखकर लुईसा लगातार मंदिर आती और कभी-कभी ठाकुर के भोग-प्रसाद की व्यवस्था भी करती। लड्डू के लौटने के दिन गिन रहे बाबा का एकमात्र सहारा लुईसा थी।

इधर बाबा बीमारी की हालात में भी समय पर ठाकुर की पूजा-अर्चना करते और लड्डू के लौटाने का इंतजार करते। बाबा को इस हाल में देखकर लुईसा लगातार मंदिर आती और कभी-कभी ठाकुर के भोग-प्रसाद की व्यवस्था भी करती। लड्डू के लौटने के दिन गिन रहे बाबा का एकमात्र सहारा लुईसा थी।

वह दिन आ गया, जब लड्डू धन-दौलत छोड़कर सबकुछ पाने के लिए वृंदावन पहुँच गया। दोपहर को ठाकुर के विश्राम का समय था, लेकिन लड्डू पहुँचा तो मंदिर के द्वार खुले थे।

'बाबा-बाबा' लड्डू ने आवाज दी। बाबा औंधे मुँह मंदिर में ठाकुर के चरणों में पड़े थे। शरीर में कुछ चेतना थी, लड्डू ने फिर आवाज दी, 'बाबा-बाबा!'

इस बार बाबा ने कहा, 'आ गया तू, ले सँभाल अपने ठाकुर को, मैं चला।' इतना कहते ही बाबा ने दम तोड़ दिया। बाबा की जान तो बस लड्डू में बसती थी और आखिरी साँस उसी के लिए रोककर रखी थी।

बाबा के अंतिम संस्कार और कर्मकांड पूरे होने के बाद लड्डू ने मंदिर की व्यवस्था सँभाल ली। लुईसा अकसर मंदिर पहुँच जाती थी। लड्डू को भी उससे बात करना और धर्म-कर्म की बातें करना अच्छा लगता। लड्डू के दिमाग में एक सवाल लगातार कौंध रहा था कि आखिर मिश्री ने इतनी दूरी क्यों बना ली? इसी दौरान मंदिर की साफ-सफाई में उसे मिश्री की बनाई वह पेंटिंग भी मिलती है। लड्डू उसे खोलकर देखता है तो उसे ठाकुर के चेहरे में अपना अक्स दिखता है, फिर सोचता है कि शायद उसका भ्रम है। पेंटिंग में नीचे की ओर मिश्री का नाम देखकर ठान लेता है कि एक बार मिश्री से बात जरूर करेगा। मिश्री की पड़ताल शुरू की तो पता चला कि मिश्री के जाने के बाद अब उसका पूरा परिवार भी पैतृक मकान बेचकर मिश्री के पास द्वारका चला गया है, अब बस मिश्री ही थी, जिसे वह बचपन से जानता था और सुख-दुःख की साथी भी। इतने सालों बाद लड्डू को

बाबा के अंतिम संस्कार और कर्मकांड पूरे होने के बाद लड्डू ने मंदिर की व्यवस्था सँभाल ली। लुईसा अकसर मंदिर पहुँच जाती थी। लड्डू को भी उससे बात करना और धर्म-कर्म की बातें करना अच्छा लगता। लड्डू के दिमाग में एक सवाल लगातार कौंध रहा था कि आखिर मिश्री ने इतनी दूरी क्यों बना ली?

उसकी कमी खल रही थी। एक दिन उसने सुक्खू को बुलाकर पूछा तो मिश्री का नया मोबाइल नंबर लड्डू को मिला। सुक्खू ने हिदायत देते हुए बताया कि 'बड़ी सख्त कलक्टर है, पहले जैसी बात नहीं, सँभलकर बात करना।'

लड्डू ने एक दिन बड़ी हिम्मत करके मिश्री को फोन मिला ही दिया। फोन मिश्री ने ही उठाया।

'हेलो मैं माधव…' उधर से खामोशी छा जाती है।

फिर आवाज आई, 'हाँ, लड्डू बोलो।'

लड्डू का दर्द जुबाँ पर आ गया। बोला, 'बाबा भी छोड़कर चले गए और मम्मी-पापा भी, और सखी तुम भी।'

इतना कहकर लड्डू खामोश हो जाता है और आँसू बहने लगते हैं।

मिश्री के लिए यह पल बहुत भावुक था, क्योंकि उसका लड्डू रो रहा था। खुद को सँभालती हुई कहती है, 'सब ठीक हो जाएगा। सब ठीक हो जाएगा।' यह शब्द लड्डू के लिए किसी मरहम से कम नहीं थे। लड्डू ने बातचीत कर अपनी भड़ास निकाली और माँ, पिता और बाबा से जुड़ी बातें शेयर कीं।

मिश्री के लिए यह पल बहुत भावुक था, क्योंकि उसका लड्डू रो रहा था। खुद को सँभालती हुई कहती है, 'सब ठीक हो जाएगा। सब ठीक हो जाएगा।' यह शब्द लड्डू के लिए किसी मरहम से कम नहीं थे। लड्डू ने बातचीत कर अपनी भड़ास निकाली और माँ, पिता और बाबा से जुड़ी बातें शेयर कीं।

लड्डू ने उलाहना देते हुए कहा, 'तुम वृंदावन छोड़कर चली गईं। तुमने तो कहा था कि वृंदावन नहीं छोड़ोगी?'

'क्या करती, किस्मत ने वृंदावन छुड़वाया और द्वारकाधीश के पास पहुँचा दिया।'

लड्डू बोला, 'तो अब कभी वृंदावन नहीं आओगी?'

मिश्री चुप हो गई।

बाबा, मम्मी-पापा के छोड़ जाने के बाद लड्डू ने बचपन से जिसे हमेशा अपने करीब पाया, उसके भी इतना दूर चले जाने और लौटने के अनिश्चय के बीच टूट चुके लड्डू को लुईसा के करीब ला दिया। दोनों को एक-दूसरे को समझने का और मौका मिला। लुईसा ने एक दिन बातों-बातों में कह दिया, 'माधव तुम मिश्री से शादी क्यों नहीं कर लेते?'

लड्डू ने फिर पूछा, 'अरे, वृंदावन कब आओगी?'

मिश्री ने कहा, 'कुछ कह नहीं सकते,' फिर बोली, 'अब जब बिहारीजी बुलाएँगे।'

लड्डू को लगता था कि वह जैसे ही मिश्री से कहेगा, वह सबकुछ छोड़कर वृंदावन लौट आएगी।

बाबा, मम्मी-पापा के छोड़ जाने के बाद लड्डू ने बचपन से जिसे हमेशा अपने करीब पाया, उसके भी इतना दूर चले जाने और लौटने के अनिश्चय के बीच टूट चुके लड्डू को लुईसा के करीब ला दिया। दोनों को एक-दूसरे को समझने का और मौका मिला। लुईसा ने एक दिन बातों-बातों में कह दिया, 'माधव तुम मिश्री से शादी क्यों नहीं कर लेते?'

लड्डू पहले तो खामोश रहा, फिर कुछ सोचकर धीरे से बोला, 'जो भी द्वारका जाता है, लौटकर कहाँ आता है। मेरा मतलब है कि उसकी वहाँ नौकरी है और फिर वह तो सखी है।'

लुईसा अपना घर-परिवार छोड़कर वृंदावन पहुँची थी और लड्डू

सबकुछ खोकर अपनापन पाने के लिए लौटकर आया था। वह बाबा के निधन के बाद बिल्कुल अकेला हो गया था। मंदिर का पूजा-पाठ और सेवा में उसका ज्यादातर समय निकल जाता।

जब लुईसा मंदिर आती तो लड्डू से अंग्रेजी में या फिर बृजभाषा के दिलचस्प शब्दों और किस्सों पर बात करता। लुईसा भी अच्छी हिंदी बोलने लगी थी और बृज के स्थानीय शब्दों को बोलने और समझने की जिज्ञासा भी थी। बाबा के न रहने पर लड्डू के अकेलेपन को भी समझती थी। परिवार के कुछ सदस्यों के साथ लुईसा भी चाहती थी कि लड्डू फिर शादी कर ले।

जब लुईसा मंदिर आती तो लड्डू से अंग्रेजी में या फिर बृजभाषा के दिलचस्प शब्दों और किस्सों पर बात करता। लुईसा भी अच्छी हिंदी बोलने लगी थी और बृज के स्थानीय शब्दों को बोलने और समझने की जिज्ञासा भी थी। बाबा के न रहने पर लड्डू के अकेलेपन को भी समझती थी।

लड्डू की मिश्री से बात हुई, 'क्यों, कब तक अकेले रहोगे?'

लड्डू ने उसके इस सवाल पर खामोशी से नजरें झुका ली, फिर बोला, 'कुछ और बात करो। इतने दिनों बाद आई हो? मुझे लगा, कहीं बाहर तो नहीं चली गईं।'

लुईसा ने ठंडी साँस भरी और कहा, अब वृंदावन कहाँ छूटेगा। हाँ, इधर आ नहीं पाई।'

'तुम्हें तो पता है कि मैं अकेला हूँ।'

'ठीक है, मैं तुम्हारा खयाल रखूँगी।' उस दिन दोनों को बातचीत करते काफी देर हो गई।

'ओह टेन थर्टी, चलती हूँ, आश्रम में इंतजार हो रहा होगा।' लुईसा जैसे ही उठने को हुई। लड्डू ने हाथ पकड़कर बैठा दिया। लुईसा कुछ असहज महसूस कर रही थी।

'तुम चाहो तो मेरे आश्रम में रुक सकती हो।'

लुईसा मुसकराई, 'ठीक है, सुबह चली जाऊँगी।'

उस दिन शायद पूरी रात दोनों ने एक-दूसरे के साथ अपनी जिंदगी की न जाने कितनी परतें खोल लीं। कब सुबह हो गई, लड्डू मंदिर और लुईसा अपने आश्रम को चली गई, फिर लुईसा बिना संकोच लड्डू के पास आने लगी और अकसर रुक भी जाती थी।

उस दिन शायद पूरी रात दोनों ने एक-दूसरे के साथ अपनी जिंदगी की न जाने कितनी परतें खोल लीं। कब सुबह हो गई, लड्डू मंदिर और लुईसा अपने आश्रम को चली गई, फिर लुईसा बिना संकोच लड्डू के पास आने लगी और अकसर रुक भी जाती थी।

लड्डू अकसर उससे तलाकशुदा पत्नी रेमी की बातें करता, लेकिन लुईसा को रेमी का व्यवहार पसंद नहीं आया। लड्डू लाख इधर-उधर की बात कर बचाव की कोशिश करता, लेकिन वह उसे ही गलत ठहराती।

लुईसा बोली, 'अरे, उसे एक बार वृंदावन आकर देखना तो चाहिए था।'

'नहीं, वह यहाँ ऐसे हालात में नहीं रह सकती थी।'

'क्या कमी है, मेरे वृंदावन में घर-घर भगवान् और खाबे-पीबे को अच्छे-अच्छे पकवान!' लुईसा को इतनी सरलता से बृजभाषा बोलते देख लड्डू ठहाके मारकर हँस पड़ता है।

वृंदावन वालों के पास एक बार फिर ब्रेकिंग न्यूज थी, लड्डू और लुईसा के रिश्तों को लेकर।

कोई कहता, 'किस्मत होए तो लड्डू भइया जैसी।'

'लोगन को देसी न मिल रहीं, इनके आगे-पीछे गोरी-गोरी मैम चक्कर काट रही हैं।'

वृंदावन के बुजुर्ग लड्डू के दूसरे ब्याह की कोशिशें शुरू कर देते हैं।

'अरे, कैसे कटेगी जिंदगी और खानदान को नाम कैसे चलोगो?'

लड्डू हँसकर टाल देता, 'ठाकुर की चाकरी में कट जाएगी।'

'अरे, जवान है अभी तू, कर ले ब्याह, अब तो श्राप भी खत्म होगो।'

'लोगन को देसी न मिल रहीं, इनके आगे-पीछे गोरी-गोरी मैम चक्कर काट रही हैं।' वृंदावन के बुजुर्ग लड्डू के दूसरे ब्याह की कोशिशें शुरू कर देते हैं। 'अरे, कैसे कटेगी जिंदगी और खानदान को नाम कैसे चलोगो?'

तभी लड्डू का दोस्त सुक्खू मंदिर पहुँचता है और राधे-राधे बोलते ही शुरू हो जाता है—

'काए जै पंडिताई चल रही है तुमाई? फिर फाँस लई फिरंगन?'

'अबे नाय, चूतिया है का! ऐसो-वैसो कछु न है हमाए बीच।'

'पूरे शहर में चकल्लस चल रही है तुम्हें लेके और तुम इनकार कर रहे हो; झुट्ठा हो, झुट्ठा!'

'अब वृंदावन वारेन कूँ कोई काम तो है ना, बस दिन भर गाल बजवाए लो।'

'यह सब छोड़ो, बताओ, तुम्हें पसंद है तो बात चलाएँ।'

लड्डू फिर खामोश हो गया। लड्डू और लुईसा के बीच कोई बंधन नहीं था, लेकिन एक-दूसरे के प्रति समर्पण स्पष्ट रूप से दिख रहा था।

सुक्खू बोला, 'तो पंडित जै काए नहीं कहते कि तुमे लीव इन रिलेशनशिप में रेहनो है।

'अब दो दिन कोई हमाए पास रुक गो तो तुम चाह रहे ब्याह कर लें और तुमाई दक्षिणा बन जाए, अब तो ठाकुर की सेवा ही करने दो।'

'अब दो दिन कोई हमाए पास रुक गो तो तुम चाह रहे ब्याह कर लें और तुमाई दक्षिणा बन जाए, अब तो ठाकुर की सेवा ही करने दो।'

सुक्खू बोला, 'पंडित, हमें तुमाई आँखन में अलग सी चमक दिख रही है, बाकी तुमाई मर्जी, कहो तो हम बात आगे बढ़ा दें।'

सुक्खू बोला, 'पंडित, हमें तुमाई आँखन में अलग सी चमक दिख रही है, बाकी तुमाई मर्जी, कहो तो हम बात आगे बढ़ा दें।'

लड्डू दार्शनिक अंदाज में बोला, 'कछु बात बढ़ाई नाय जावें, भविष्य पर छोड़ देनी चइए।'

सुक्खू के जाने के बाद लड्डू बार-बार यही सोचता रहा कि एक पुरुष और स्त्री के रिश्ते लोगों की निगाह में बस शारीरिक ही माने जाते हैं, मानसिक नहीं, जबकि उसे मालूम था कि जिन तीन रातों को लुईसा उसके साथ थी, उसने केवल अपने दुःख ही साझा किए थे।

लड्डू के मौन को स्वीकृति मानकर सुक्खू ने लुईसा के सामने प्रस्ताव रखा कि 'आप हमारे दोस्त से मैरिज करोगी?'

लुईसा ने ध्यान से उसके चेहरे की ओर देखा और पूछा 'माधव तैयार है इसके लिए?'

'हाँ-हाँ, उसी ने तो कहा है पूछने को।' इतना कहते-कहते सुक्खू

को अहसास हुआ कि कुछ गलत निकल गया। उसने तो सब कुछ बता दिया।

कुछ सेंकेड के खामोशी के बाद लुईसा जोर से हँसी और बोली, 'ब्याह की तैयारी करो, सुक्खू पंडित।'

उसी दिन लड्डू के पेट में दोपहर से दर्द होने लगा। उसने लुईसा को बुलवा लिया। लुईसा ने उस दिन उसके लिए रात में खिचड़ी बनाई थी और देखभाल के लिए रात रुक गई थी।

रात के अँधेरे में लुईसा को कराहने की आवाज आई। उसने लाइट जलाई तो देखा, लड्डू पेट पकड़कर बैठा था। सर्दी के दिन और लड्डू पसीने-पसीने।

लईसा ने वैसा ही किया। अनजाने में न जाने कितनी बार लुईसा ने लड्डू को छुआ हो, लेकिन बेहिचक लुईसा के पेट पर हाथ का स्पर्श लड्डू को आरामदायक लगा और दर्द से कराह रहे लड्डू को नींद आ गई।

लड्डू बोला, 'लगता है, गैस बन गई।'

'नहीं, डॉक्टर के पास चलते हैं। अरे, दोपहर से दर्द है और तुम टाल रहे हो।'

'सुबह होने दो, फिर चलेंगे। ऐसा करो, मेरे पेट पर अपने हलके हाथों से मसाज कर दो।'

लुईसा ने वैसा ही किया। अनजाने में न जाने कितनी बार लुईसा ने लड्डू को छुआ हो, लेकिन बेहिचक लुईसा के पेट पर हाथ का स्पर्श लड्डू को आरामदायक लगा और दर्द से कराह रहे लड्डू को नींद आ गई।

सुबह उसे लोकल अस्पताल में दिखाया गया, जहाँ कुछ दवाओं

से उसका दर्द तो ठीक हो गया, लेकिन डॉक्टर ने कुछ जाँच कराने को कहा। लड्डू जाँच को लेकर लापरवाह हो गया और लुईसा के कहने के बाद भी टालता रहा। कुछ दिनों बाद फिर अचानक दर्द उठा तो इस बार उसे भर्ती होना पड़ा। जाँच के बाद पता चला कि लड्डू की दोनों किडनी संक्रमित हैं। जाँच रिपोर्ट को लेकर लुईसा घबरा गई, लेकिन लड्डू तो बेफिक्र था। वृंदावन के डॉक्टरों ने लड्डू को इलाज के लिए किसी बड़े शहर में जाने हिदायत दी।

लड्डू के बीमार पड़ने का अहसास हजारों किलोमीटर दूर द्वारका में मिश्री को भी हो गया। मिश्री न तो अपनी उलझन किसी को बता पा रही थी और न ही उसकी हिम्मत हुई कि सीधे लड्डू को फोन कर हालचाल पूछ ले। मिश्री ने सुक्खू को फोन मिलाया।

लड्डू के बीमार पड़ने का अहसास हजारों किलोमीटर दूर द्वारका में मिश्री को भी हो गया। मिश्री न तो अपनी उलझन किसी को बता पा रही थी और न ही उसकी हिम्मत हुई कि सीधे लड्डू को फोन कर हालचाल पूछ ले। मिश्री ने सुक्खू को फोन मिलाया। मिश्री का फोन आते है सुक्खू पसीने-पसीने, क्योंकि मिश्री बतौर डीएम उसे एक बार डाँट चुकी थी कि डरते-डरते फोन उठाया।

बोला, 'जी मैडम?'

उधर से आवाज आई, 'सुक्खू, कैसे हो?'

'मैं बिल्कुल ठीक हूँ। आप बताएँ, मैडम?'

'अरे, क्या हो गया तुम्हें सुक्खू, जो मैडम-मैडम की रट लगा दी? मैं मिश्री।'

फिर पूछा, 'वृंदावन में सब ठीक है?'

'जी मैड, वृंदावन में सब ठीक है।'

'अरे, तुम्हारा दोस्त लड्डू'''

जी लड्डू की तबीयत कुछ खराब है, एक दिन पेट में दर्द उठा था।'

'ठीक है। अच्छा, उससे कहना, हमसे फोन पर बात करेगा।'

सुक्खू एक बार फिर संदेश वाहक की भूमिका में आ गया। लड्डू को फोन लगाया। फोन लुईसा ने उठाया और कहा, 'अभी कुछ देर में कराते हैं भइया, माधव को दिल्ली के एम्स लेकर आए हैं, जाँच चल रही है।'

सुक्खू एक बार फिर संदेश वाहक की भूमिका में आ गया। लड्डू को फोन लगाया। फोन लुईसा ने उठाया और कहा, 'अभी कुछ देर में कराते हैं भइया, माधव को दिल्ली के एम्स लेकर आए हैं, जाँच चल रही है।'

सुक्खू को भी अब बीमारी की गंभीरता का अहसास हो गया था।

'अच्छा, ठीक है। आप वृंदावन लौटकर आएँ तो हम घर आ जाएँगे।'

दो दिन बाद सुक्खू लड्डू का हाल पूछने पहुँचता तो लुईसा उसे अलग ले जाकर बताती है कि 'लड्डू की दोनों किडनी में संक्रमण बढ़ गया है, बहुत कम काम कर रही हैं।'

डॉक्टर ने किडनी ट्रांसप्लांट के लिए कहा है। सुक्खू लड्डू की परेशानी कम करने के लिए हँसी-मजाक करता है और लुईसा से कहता है कि 'चिंता न करें, ठाकुर सब इंतजाम कर देंगे।'

लुईसा बताती है कि 'किडनी ट्रांसप्लांट के लिए खर्च को लेकर कोई चिंता नहीं है, बस लड्डू की मैच की किडनी मिल जाए। हमारा ब्लड ग्रुप मैच नहीं कर रहा है।'

लुईसा के इधर-उधर हटते ही सुक्खू लड्डू से धीरे से कहता है कि 'भाई, दो दिना पहले मिश्री को फोन आयो, तुमाओ हाल-चाल पूछ रई।'

'तो तूने कछु बतायो तो नहीं?'

'नाय हमें तो कछु ज्यादा पतोइनाय हो, सो बस इतनी कही कि लड्डू बीमार है।'

'कह रही कि लड्डू से कह दीजो, एक बार फोन पे बात कर ले। अभी हम मिलाए दे रहे हैं, बात कर लो।'

'नहीं सुक्खू, अब उसे क्यों परेशान करना। कित्ते महीने हो गए, हमने कोई बात नायकरी।'

'उसकी नौकरी है, अपनी जिंदगी है, अब बिना बात वाकूँ परेशान करिबो ठीक नाय।'

'कह रही कि लड्डू से कह दीजो, एक बार फोन पे बात कर ले। अभी हम मिलाए दे रहे हैं, बात कर लो।'
'नहीं सुक्खू, अब उसे क्यों परेशान करना। कित्ते महीने हो गए, हमने कोई बात नायकरी।'

लड्डू के सुक्खू से बातचीत करते समय उसका दर्द आँखों से छलक पड़ा।

सुक्खू ने समझाया, 'अरे, तो का भयो, हाल-चाल बता दो, लेकिन लड्डू तैयार नहीं हुआ।'

लड्डू ने हिदायत भी दे दी, 'अगर अब फोन आए तो कह देना कि अब ठीक है लड्डू।'

सुक्खू अपने घर लौट आया, लेकिन सारी रात लड्डू की बीमारी ने उसे परेशान किया। लड्डू के मना करने के बाद भी उसने मिश्री को फोन मिला दिया और लड्डू का पूरा हाल बताया। साथ ही मिश्री से यह भी

बता दिया कि लड्डू नहीं चाहता कि तुम्हें उसकी परेशानी बताई जाए। फोन पर बात करने से इनकार कर दिया और हमें भी मना किया है।

मिश्री कहती है, 'सुक्खू, किसी तरह तुम उसकी सभी रिपोर्ट हमें भेज सकते हो।'

सुक्खू कहता है कि 'हम कोशिश करके देखते हैं।'

सुक्खू को पता था कि लड्डू तो रिपोर्ट देने से रहा, इसलिए उसने एक डॉक्टर को दिखाने के बहाने लुईसा से रिपोर्ट की फोटोकॉपी ले ली और मिश्री के पास द्वारका कुरियर कर दी।

तीन दिनों के बाद मिश्री ने सुक्खू को फिर फोन किया। मिश्री ने सुक्खू से कहा कि 'तुम लड्डू को बिना बताए लुईसा से मेरी बात कराना।'

मिश्री ने कहा कि 'चिंता न करो, मैं किडनी डोनर का इंतजाम करती हूँ, तुम डॉक्टर से बात कर बस जल्द-से-जल्द ऑपरेशन की तारीख लो। डॉक्टर जब भी डोनर की जाँच के लिए बुलाएँ, मुझे एक दिन पहले बता देना, मैं डोनर को एम्स भेज दूँगी।'

लड्डू की बीमारी को लेकर परेशान लुईसा को एक अनजान डॉक्टर का सहारा मिला।

मिश्री ने कहा कि 'चिंता न करो, मैं किडनी डोनर का इंतजाम करती हूँ, तुम डॉक्टर से बात कर बस जल्द-से-जल्द ऑपरेशन की तारीख लो। डॉक्टर जब भी डोनर की जाँच के लिए बुलाएँ, मुझे एक दिन पहले बता देना, मैं डोनर को एम्स भेज दूँगी।'

लुईसा बार-बार 'थैंक यू मैम' कहती और उधर से मिश्री कहती, 'मैं कोई गैर नहीं हूँ।'

लुईसा ने सुक्खू को और सुक्खू ने मिश्री को बताया कि दो दिनों

बाद डोनर की जाँच-पड़ताल और कागजी खानापूर्ति के लिए एम्स में बुलाया गया है।

मिश्री ने सुक्खू से कहा, 'लुईसा को बता देना डोनर समय पर एम्स पहुँच जाएगा और हाँ, उसे आने की जरूरत नहीं है।'

एम्स के डॉक्टरों ने डोनर की जाँच-पड़ताल और नियम कानून के साथ कागज पूरे किए। डॉक्टरों की टीम ने जाँच-पड़ताल के बाद पाया किडनी मैच कर जाएगी। डोनर की किडनी लड्डू को लगाई जा सकती है।

एम्स के डॉक्टरों ने डोनर की जाँच-पड़ताल और नियम कानून के साथ कागज पूरे किए। डॉक्टरों की टीम ने जाँच-पड़ताल के बाद पाया किडनी मैच कर जाएगी। डोनर की किडनी लड्डू को लगाई जा सकती है।

करीब पंद्रह दिनों के बाद की ऑपरेशन की डेट मिली और लड्डू और डोनर को भर्ती किया गया। लड्डू के साथ लुईसा और सुक्खू पहुँचे थे, जबकि दूसरे प्राइवेट रूम में डोनर को रखा गया, तभी एक डॉक्टर ने लड्डू के जरूरी चेकअप किए और लुईसा से कहा कि 'कुछ पैसे जमा करा दें।' डॉक्टर ने लड्डू और डोनर की फाइल सुक्खू को पकड़ाई और काउंटर पर पैसे जमा कराने को कहा। सुक्खू ने फाइल काउंटर में बढ़ाई और रुपए आगे बढ़ाए। अंदर से क्लर्क ने पूछा, 'पेशेंट का नाम?'

'माधव गोस्वामी।'

'और डोनर शिरीन?'

शिरीन सुनते ही सुक्खू का हलक सूख गया। अंदर से आवाज आई, 'यही तो नाम है न?'

सुक्खू की आवाज लड़खड़ाने लगी, 'जी-जी, वही।'

सुक्खू ने रसीद ली और फाइल लेकर लड्डू के कमरे में आ गया।

सुक्खू ने आते ही लुईसा को किनारे ले जाकर पूछा, 'डोनर कौन है, तुमे पता है?'

'नहीं, हमें तो नहीं पता, भइया। हाँ, कोई शिरीन नाम की लेडी बता रहे हैं।'

लुईसा ने मिश्री का शिरीन नाम तो कभी सुना नहीं था। सुक्खू अनजान बना रहा।

सुक्खू ने इसका खुलासा करने की बजाय पहली बार चुप्पी साध ली। उसे लगा कि यह ब्रेकिंग न्यूज कहीं भारी न पड़ जाए, इसलिए खामोश रहा। कुछ देर बाद इधर से लड्डू को और उधर से शिरीन यानी, मिश्री को ऑपरेशन थियेटर ले जाया गया। कई घंटों चले लंबे ऑपरेशन के बाद बाहर आए डॉक्टर का मुसकराता चेहरा लुईसा और सुक्खू को बताने के लिए काफी था कि ऑपरेशन सफल रहा। डॉक्टर ने बताया कि सबकुछ अच्छा हो गया, होश आने में कुछ समय लगेगा।

सुक्खू ने इसका खुलासा करने की बजाय पहली बार चुप्पी साध ली। उसे लगा कि यह ब्रेकिंग न्यूज कहीं भारी न पड़ जाए, इसलिए खामोश रहा। कुछ देर बाद इधर से लड्डू को और उधर से शिरीन यानी, मिश्री को ऑपरेशन थियेटर ले जाया गया।

ऑपरेशन के तुरंत बाद लड्डू और शिरीन को एक ही कमरे में अगल-बगल बैड पर लिटाया गया। दोनों के बीच एक परदा पड़ा था। कुछ घंटों बाद बारी-बारी दोनों को होश आ गया। लड्डू जो सवाल ऑपरेशन होने से पहले लगातार सुक्खू और लुईसा से पूछ रहा था कि 'डोनर कौन है' वही सवाल होश में आते ही फिर पूछा।

कमरे में मौजूद नर्स ने कहा कि 'मैं परदा हटा देती हूँ, आप खुद देख लो।'

परदा हटते ही लड्डू स्तब्ध रह गया, आँखों से निकले आँसू ने वह सब कह दिया।

'क्या हो गया, यारा?' मिश्री धीरे से बोली।

सालों से उसके दुःख में साथ देनेवाली मिश्री उसके सामने संरक्षक के तौर पर फिर होगी, ऐसा उसने नहीं सोचा था।

लड्डू ने अपने अंदाज में कहा, 'एक ही दिल था, जो तुम्हें पहले ही दे दिया है, सखी, अब बार-बार कैसे दें!'

लड्डू ने अपने अंदाज में कहा, 'एक ही दिल था, जो तुम्हें पहले ही दे दिया है, सखी, अब बार-बार कैसे दें!'

मिश्री मुसकरा दी, 'तुम सुधरे नहीं हो, पंडितजी।' फिर बोली, 'अगर तुम्हारा ब्लड ग्रुप रेयर है तो हमारा भी रेयर है, अब देखो, हमारी किडनी भी तुम्हारे शरीर में मैच कर गई।'

मिश्री मुसकरा दी, 'तुम सुधरे नहीं हो, पंडितजी।' फिर बोली, 'अगर तुम्हारा ब्लड ग्रुप रेयर है तो हमारा भी रेयर है, अब देखो, हमारी किडनी भी तुम्हारे शरीर में मैच कर गई।'

लड्डू ने कहा, 'तुम्हें तो शुक्रिया भी नहीं कह सकता। न जाने कितने अहसान हैं हमारे परिवार पर तुम्हारे। तुमने हमाई जान बचाने के लिए अपनी परवाह नहीं की। क्यों किया तुमने ऐसा?' इतना कहते-कहते लड्डू रोने लगा।

'नहीं, रोना नहीं, हम तुम्हें रुलाने के लिए द्वारका से थोड़े आए हैं। तुमे तो पता है, हमें कभी भी रोता लड्डू पसंद नहीं। कोई एहसान थोड़े किया है।'

दोनों की बात चल रही थी, इसी बीच डॉक्टर ने लुईसा और सुक्खू को भी अंदर भेज दिया। सुक्खू की नजर जैसे ही मिश्री पर पड़ी, उसकी बोलती बंद हो गई। सुक्खू कुछ बोलने को हुआ तो मिश्री ने कहा, 'तुम्हें अगर बता देते तो यह भोंपू पूरे वृंदावन में ब्रेकिंग न्यूज दे चुका होता और मैं नहीं चाहती थी कि ऑपरेशन के पहले कोई यह बात जाने।'

सुक्खू ने कहा, 'मैडम, आप तो...।'

मिश्री मुसकरा दी। इतनी देर की बातचीत में लुईसा को भी कुछ कुछ समझ आ गया। हाथ जोड़कर मिश्री के पास जाकर बोली, 'आपने मेरी जिंदगी बचा ली। थैंक्स, आपने मेरा सहारा लौटा दिया।' लुईसा के ऐसा कहने पर मिश्री ने लड्डू की ओर बहुत ध्यान से देखा और मुसकराते हुए बोली, 'इसने बचपन से न जाने कितनी परीक्षाएँ ली हैं और मैं हर बार पास हुई।'

मिश्री मुसकरा दी। इतनी देर की बातचीत में लुईसा को भी कुछ कुछ समझ आ गया। हाथ जोड़कर मिश्री के पास जाकर बोली, 'आपने मेरी जिंदगी बचा ली। थैंक्स, आपने मेरा सहारा लौटा दिया।' लुईसा के ऐसा कहने पर मिश्री ने लड्डू की ओर बहुत ध्यान से देखा और मुसकराते हुए बोली, 'इसने बचपन से न जाने कितनी परीक्षाएँ ली हैं और मैं हर बार पास हुई।'

करीब एक सप्ताह बाद अस्पताल से दोनों की छुट्टी हो जाती है। अस्पताल के बाहर टैक्सी के इंतजार में खड़ा लड्डू बोला, 'सखी, हमाए साथ वृंदावन नहीं चलोगी?'

मिश्री की आँखें भर आई, लेकिन खुद को सँभालते हुए बोली कि 'शायद अभी वह समय नहीं आया है। मैं कोई वादा भी नहीं कर सकती।'

फिर चेहरे पर मुसकराहट के भाव लाकर बोली, 'वैसे भी, जो एक

बार द्वारका जाता है लौटकर नहीं आता, अभी कुछ घंटे बाद मेरी फ्लाइट है, सब छोड़कर आना पड़ा, कुछ दिनों रेस्ट करूँगी, फिर अगले सप्ताह से कामकाज सँभालना है। तुमसे मुलाकात तो हो गई, अब वृंदावन फिर कभी।'

चेहरे पर शरारत भरी मुसकराहट लाकर लड्डू की आँखों में देखते हुए बोली, 'अब हमारी किडनी तुम्हारे पास है, अब इसे सँभालकर रखना।'

तभी मिश्री की टैक्सी आकर रुकी। सुक्खू ने उसका बैग गाड़ी में रखा और दरवाजा खोलकर उसे बैठाया। भावुक लड्डू के विदाई देते समय बड़ी हिम्मत से कुछ शब्द मुँह में आए, 'तुमाई अमानत जिंदगी भर हमाए साथ रहेगी। बाबा ने शायद जानकर तुम्हारो नाम मिश्री रखो।

निःशब्द लड्डू चुपचाप खड़ा रहा और देखता रहा।

तभी मिश्री की टैक्सी आकर रुकी। सुक्खू ने उसका बैग गाड़ी में रखा और दरवाजा खोलकर उसे बैठाया। भावुक लड्डू के विदाई देते समय बड़ी हिम्मत से कुछ शब्द मुँह में आए, 'तुमाई अमानत जिंदगी भर हमाए साथ रहेगी। बाबा ने शायद जानकर तुम्हारो नाम मिश्री रखो। लड्डू की मिठास बिना मिश्री के नहीं है और मीठे के बिना लड्डू को कौन पूछ रहो। यह नई जिंदगी तुमने दी, इसे भरपूर जीएँगे।' इतना कह लड्डू भावुक हो गया और मिश्री की आँखें छलछला आईं।

मिश्री ने खुद को सँभाला और लुईसा से कहा, 'हमारे लड्डू का खयाल रखना और फोन पर हमें बताना। अभी हमें जल्दी है, फ्लाइट पकड़नी है, हमें चलने दो।'

लुईसा ने मिश्री को गले लगाते हुए कहा, 'आप तो मेरे लिए माई

डियरेस्ट फ्रेंड किशोरीजी ही हो, जिनको मैं अपना फ्रेंड बताती फिर रही, शायद उनसे ही मेरा साक्षात्कार हो गया।'

मिश्री अवाक् थी, फिर टोकते हुए बोली, 'अरे नहीं,न,न...'

बहुत भाव-विभोर होकर हाथ जोड़कर खड़ी लुईसा बोली, 'राधे-राधे!'

जिस पर मिश्री ने हँसकर हमेशा की तरह कहा, 'जय श्रीकृष्णा!'

लड्डू लुईसा के साथ वृंदावन आ गया। कुछ दिन आराम के बाद उसने खुद को ठाकुर की सेवा में लगा दिया। सुक्खू के पास लंबे समय बाद वृंदावन के लोगों को बताने के लिए बिग ब्रेकिंग न्यूज थी, जिसका वहाँ के लोगों को हमेशा की तरह इंतजार था।

□□□